www.tredition.de

AF204244

Mike Bracht

Blitze am Leben

www.tredition.de

© 2015 Mike Bracht

Verlag: tredition GmbH, Hamburg

ISBN
Paperback: 978-3-7323-5625-6
Hardcover: 978-3-7323-5626-3
e-Book: 978-3-7323-5627-0

Printed in Germany

Das Werk, einschließlich seiner Teile, ist urheberrechtlich geschützt. Jede Verwertung ist ohne Zustimmung des Verlages
und des Autors unzulässig. Dies gilt insbesondere für die elekt-
ronische oder sonstige Vervielfältigung, Übersetzung, Verbrei-
tung und öffentliche Zugänglichmachung.

INHALT

Vorwort

Entsteht eine Krankheit erst im Laufe der Zeit oder werden wir mit ihr geboren?

Ist jemand an der Psyche erkrankt oder spiegelt jeder Einzelne nur seine Formung wider, die er durch eine Vielzahl von Ereignissen seiner Zeitlinie erleben durfte und musste?

Es gibt Ereignisse, die einen wie einen Blitz treffen, und andere, die wie ein Blitz viel Energie bereitstellen, und wieder andere, die wie ein Blitz viel Schaden anrichten.

Die Empfindungen, welche in diesem Buch oft drastisch zur Sprache kommen, sind Gefühle aus gefangenen Momenten, ohne Ausweg aus der Situation, aus Momenten des Nicht-Reflektieren-Könnens, es sind Kreuzpunkte auf dem Weg vor der Behandlung einer Borderline-Störung.

Gefangen

Was willst du? Was - willst - du? Ich will doch nur geliebt werden! So stark, dass ich es auch spüre, so stark, dass ich es auch sehen kann, so stark, dass ich es begreifen, verstehen kann, dass ich geliebt werde. Doch egal, wie jemand probiert sie mir zu zeigen, ich spüre sie nicht - die Liebe. Wieso kann mir kein Mensch das Gefühl geben, dass er mich liebt, wieso werden alle meine zwischen-menschlichen Beziehungen für mich umso unsicherer, je mehr ich nach der Liebe suche? Wieso hilft mir keiner? Bitte, ich brauche doch jemanden, der dieses Suchen von mir aushalten kann, jemand der mir immer wieder zeigen kann, dass ich kein schlechter, unzuverlässiger, arroganter, selbstsüchtiger Mensch bin. Was ist daran so schwer auszuhalten, dass ich die Liebe nicht kapiere? Je weniger ich die Liebe verstehe, desto weniger möchte ich einen Menschen an mich heranlassen. Ich muss jeden ausgrenzen, der mir nicht zeigen kann, dass er mich lieb hat. Und je mehr ich den anderen ausgrenze, umso weniger fühle ich mich geliebt. Wieso versteht das keiner, keiner von denen, die behaupten, dass sie mich besser kennen würden, als ich mich selber kenne? Wieso ist keiner bereit dazu, sich diese Zeit zu nehmen, auch wenn ein Ende nicht absehbar ist? Ich mache das doch nicht absichtlich, ich möchte doch keinen verärgern oder sogar verletzen! Ich wünsche mir auch keinen Rückzug von mir selber, doch wie ich den verhindern kann, weiß ich nicht, ich würde es ja gern, aber mir hat noch keiner gezeigt, wie das gehen könnte. Das Gegenteil, den Rückzug, den konnte mir jeder von euch zeigen! Obwohl ihr mich alle so gut zu kennen glaubt. Meine Unsicherheit, mein Misstrauen euch gegenüber wird immer größer und größer, bis es Ausmaße erreicht hat, die ich selber nicht mehr ertragen kann - doch das ist mein Problem, auch wenn ich es euch spüren lasse, bitte verzeiht! Nicht um euch kränken zu wollen habe ich euch gerne, sondern weil ihr so seid wie ihr seid.

Nicht zu jeder Zeit kann ich euch die Ruhe und Gelassenheit zollen, die ihr ohne Zweifel verdient habt. Es gibt Zeiten, in denen meine Zweifel ungeahnte Ausmaße annehmen, so gewaltige, dass ich jedwede Beziehung bis aufs schärfste ausreize. Vielleicht, weil ich mir so die Sicherheit holen möchte: „Wenn ihr das aushaltet, dann müsst ihr mich doch wirklich lieb haben!" Doch leider, auch wenn ich dieses Ziel vielleicht manchmal erreichen durfte, habe ich nicht denken können, dass ihr mich trotzdem lieb habt.

Ich bin alleine und fühle mich allein gelassen. Keiner ist so richtig ernsthaft an mir interessiert, lästig, ja genauso komme ich mir vor, wenn ich euch unter die Augen trete. So als ob es nur noch den einen Wunsch in euch geben könnte, wann ist dieser Typ endlich aus meinem Leben verschwunden, wann braucht ihr euch diesen Ballast, mich, nicht mehr anzutun. Dabei probiere ich aus, euch nicht mehr im Weg zu stehen. Probiere, es allen Recht zu machen und mich in Luft aufzulösen, um euch nicht lästig zu werden. Doch auch dieses Prinzip scheint nicht zu funktionieren, denn ich fühle mich nicht nur im Weg stehend, sondern auch noch benutzt. Ihr ertragt mich nur so lange, wie ihr einen Nutzen von mir habt. Doch ich weiß, ihr versteht mich besser als ich mich selbst. Aber wie laut soll man denn um Hilfe schreien, damit ihr mich hört? Meine Wahrnehmung ist tief gestört, denn ich verstehe wie immer alles falsch, handle immer falsch, alles was ich tue und lasse ist falsch, dient mir nur dazu, diesen Schmerz auf irgend eine Art auszuhalten. Zu er-tragen. Irgendwie sich festkrallend an egal was, Hauptsache weiter leben! Ich möchte anfangen zu spüren und nicht nur Schmerz, davon habe ich genug, genug von Vorwürfen, genug von dem, was ich alles falsch gemacht haben soll. Und ich habe mich aufgeopfert für viele von euch! Euer Dank war so groß, dass ich, eure Last, weit aus eurem Leben ausgegrenzt wurde. Dies scheint mir Beweis genug dafür zu sein, dass ich mit meiner Einschätzung Recht hatte, ihr liebt mich nicht, ihr habt mir so lange etwas vorgemacht, wie ich euch von Nutzen gewesen bin. Das fühlt sich verdammt noch mal nicht gut an und ich wünsche keinem von euch, dass ihr euch jemals so fühlen müsst, denn man braucht ganz schön viel Energie, um das aushalten zu können. Ich frage mich oft, wo meine Energie überhaupt noch herkommt, wo die Reserven lagern, aus denen ich Kraft ziehe. Niemand kann mir erklären, wofür das alles zu ertragen sein sollte. Aber ich glaube, dieser Kraft-Pool ist in mir, nur wo. Bitte, lieber Pool, mach dich mir bemerkbar, bitte zeige mir, woraus ich unbewusst alle Kraft nehme, die mir soviel Energie gibt, damit ich sie bewusster nutzen kann! Zeige dich!

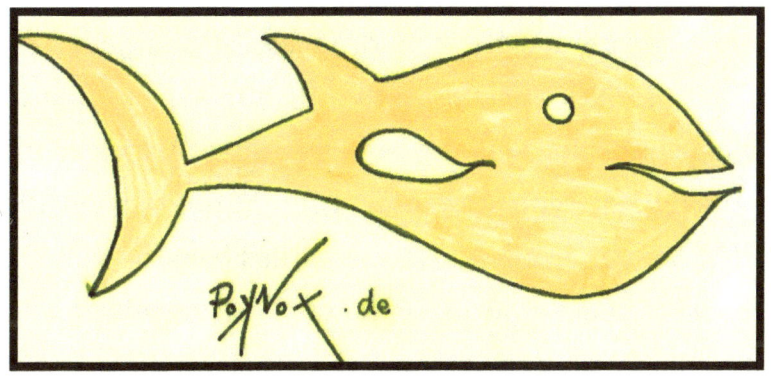

Unterwegs

Ich sitze im Auto und fahre in einer Stadt, die mir wohlbekannt ist. Schließlich bin ich hier geboren und habe nun fast dreißig Jahre meines Lebens hier verbracht.

Leichter Regen perlt an den Scheiben meines Wagens ab. Die Scheibenwischer tun ihren Dienst und geben mir einen freien Blick auf die Straße. Richtig sehen kann ich jedoch nicht. Meine Atmung ist viel zu schnell, dies könnte mal wieder zur Hyperventilation führen. Auf meiner Stirn hat sich Angstschweiß gebildet, und das Lenkrad halte ich nicht mit sicherem Griff. Panikschweiß benetzt meine Hände, durch die das Lenkrad gleitet. Bemerkbar vor allem in den Kurven, wenn ich Probleme habe, die Spur zu halten. Ist das noch verkehrssicheres Fahren? Nein, unter Alkoholeinfluss würde ich wahrscheinlich sicherer fahren.

Haben das Bier und mein Mund zu oft Bekanntschaft miteinander gemacht, hätte ich schlafen können, nachts um zwei, drei, vier Uhr, hätte ich den Alkohol nicht verköstigt? Sorgen über mein Verhalten stehen auf meiner privaten Tagesordnung auf Platz eins, und dann kommt erst einmal eine lange, breite und dicke Schicht des Nichts, von der ich nicht weiß, was sie ist.

Meine Sehnsucht, mein Verlangen, welches mich nun seit fast zehn Jahren plagt, ist: endlich wieder gesund zu werden. Krank bin ich in den letzten zehn Jahren - weiß Gott - oft genug gewesen, auch eingebildet krank. Meine Einbildung hat in Kopplung mit meiner Überzeugungskraft die Ärzte dazu bewegt, mir stets mit Tabletten zur Seite zu stehen. Sie wussten jedoch nicht, dass ich sie nicht nehme. Profitiert hat in diesem Fall nur die Pharmaindustrie. Ich habe also Arbeitsplatzsicherung betrieben. Diesen Gefallen tue ich euch gerne, für die Statistik der Arbeitslosensenkung. Meine Kontonummer bekommt ihr von meinem Agenten oder vom Verlag.

Die Ursache für die stetigen Kopfschmerzen, diesem permanenten Druck, der mich denken ließ, dass mein Gehirn in meinem Schädel platzen würde, war nach reichlichen Untersuchungen bei verschiedenen Ärzten schlussendlich gefunden. Meine Weisheitszähne standen schief und drückten auf die davor stehenden Zähne, diese entwickelten Druck auf meinen Kiefer, und die Erklärung für meinen Kopfdruck war somit klar! Die Weisheitszähne sind schuld, dass mein Gehirn kurz vor dem Platzen ist! Also raus damit.

Die Schmerzen nach der Operation waren die Hölle, ich wollte meinen Druck im Kopf zurück, keine Bombe im Zentrum meiner Hirnnerven zünden. Doch durch diese Hölle musste ich die nächsten zwei Wochen gehen. Als sensibler Wehleidiger, wenig tapfer. Der Begriff weh-leidig ist mir genau dazu in den Sinn gekommen, aber erst, als die Schmerzen nicht mehr da waren. Auch der Druck im Kopf war endlich weg. Dank der tollen Vorstellungskraft meiner Gedanken. Glücklich stürzte ich mich in neue Aufgaben, denn ich war ja geheilt. Gesund! Fester Überzeugung nach gesund. Meine Mutter sah das jedoch ein wenig anders, schon im Vorhinein, bevor ich das Schlachten in meinem Munde zuließ. Sie war der ständigen Überzeugung, dass ich psychosomatische Hilfe bräuchte, tja - bräuchte ich wohl nicht, denn ich war ja jetzt gesund. Die ängstlichen, besorgten Mütter! Alle sind sie gleich! An alle Mütter: Keine Sorge, damit wir nicht untergehen, suchen wir uns wohl erzogene junge Damen, die euch Paroli bieten.

Schade nur, dass ich wohl nicht den wahren Grund für meinen Kopfdruck gefunden hatte! Verdammt, neuer

Nährstoff für die Theorie meiner Mutter, denn als hätte jemand mir einen Fluch auferlegt, oder bildlich gesprochen eine Flasche Tequila auf meiner Hirnaußenseite zerschellen lassen, kam der Druck unaufgefordert in meinen Schädel zurück. Und das viel schneller als mir lieb war! War wohl nicht der richtige Grund, die richtige Diagnose, die ich gefunden hatte. Ich dachte über meine Leiden der letzten Jahre nach und welche Schmerzen mich immer wieder geplagt hatten, die zentraler Auslöser für diesen Druck, dieses Elend hätten sein konnten. Was hatte ich übersehen, was hatte ich vergessen, was? Verdammt!

Aber natürlich, wie dumm kann man denn nur sein, diese Zeichen waren doch eindeutig! Schläfrigkeit, Schlappheitsgefühle, Druck, dazu diese Schmerzen im oberen Rückenbereich! Ein Herzinfarkt! Sicher, wahrscheinlich nur ein leichter und deshalb habe ich ihn auch nicht richtig mitbekommen, doch nun ist er dafür verantwortlich, dass ich krank bin. Und das schon seit ein paar Jahren. Da so etwas gefährlich ist und man mit so etwas nicht spaßen sollte, beschloss ich den Notruf zu wählen. Was für ein Glück! Der Krankenwagen wird dann sofort kommen, um mich zu retten, um mich von meinem Leiden zu befreien. An diesem Tag spürte ich die ganze Zeit über den besonders starken Druck in meinem Kopf. Das war unerträglich. Zum Glück hatte ich die richtige Entscheidung getroffen, die 112 zu wählen, scheinbar auch zur rechten Zeit, denn mir wurde, nachdem ich den Hörer nach dem Notruf auf die Gabel gelegt hatte, heiß und kalt. Richtig sehen konnte ich plötzlich auch nicht mehr.

Das Atmen ging dafür besonders gut, zumindest das Einatmen. Da ich mehr ein- als ausatmete, fing mein Körper an, überall zu kribbeln, es fühlte sich so an, als ob er einschläft. Da ich allein zu Hause war, rief ich meine Eltern an und teilte ihnen mit, dass mich gleich ein Krankenwagen abholen würde und es mir ziemlich schlecht ginge. Nach dieser Mitteilung beschloss ich, auf dem Bürgersteig vor meiner Haustür auf den Rettungswagen zu warten. Denn wenn ich in der Wohnung zusammenbrechen würde, die Sanitäter klingelten und keiner die Tür aufmachte, dann würden sie wahrscheinlich unverrichteter Dinge wieder zurückfahren. Außerdem brauchten sie mich dann auch nicht mehr die Treppe herunter zu tragen. Selbst in solchen Situationen dachte ich an die anderen. Wie edel von mir!

So richtig wichtig und notfallmäßig hatte sich mein Anruf dann offenbar doch nicht angehört. Ich war ihnen nicht einmal ein Blaulicht wert! Wie zu einem kleinen Ausflug unterwegs, kam der Krankenwagen gemütlich um die Ecke geschlichen. Auf dem Bürgersteig sitzend winkte ich den Sanitätern zu. Frechheit, kein Blaulicht, kein Notarzt, keine Hektik , keine Trage! Nur mit einer kleinen grauen Klammer, die über einen Schlauch mit einem piepsenden Computer verbunden war, kamen die Sanitäter aus ihrer mobilen OP-Station zu mir. Man stelle sich vor, ich, dem Ende nah, bereit meinem Schöpfer gegenüber zu treten, letzte Atemzüge verrichtend, auf dem Bürgersteig sitzend - und dann kommen diese professionellen Helfer und besitzen noch die Frechheit zu fragen, ob sie mich stützend zum Wagen begleiten sollten oder ob ich es auch alleine schaffen würde.

Zivildienstleistende, Arbeits-Verweigerer und von so etwas soll man geschützt und behandelt werden! Das Verrückteste kam aber erst jetzt, als ich mich im Wagen, auf mein persönliches Verlangen hin, langlegen durfte und nach Luft schnappend dalag. Es gibt diese Hygienehandschuhe, die man sich, wie der Name schon sagt, über die Hände ziehen soll. Doch von solchen Hilfskräften kann man nicht erwarten, dass sie so etwas wissen können, dachte ich. Einen Handschuh bekam ich in die Hände gedrückt, um dorthinein meine verbrauchte Luft erst auszuatmen, und um die gleiche Luft direkt danach wieder daraus einzuatmen. Bekloppt, oder? Erst sollte ich meine Krankheitserreger in einen Hygienehandschuh hinein blasen, um sie danach voller Wonne zu mir zurückzuholen im nächsten Atemzug. Vielleicht um den Erregern eine zweite Chance zu geben, effektiver in meinem Körper zu wirken und sich flächendeckend zu verteilen und zu vermehren. Als ob die Zivis einen Blödmann vor sich haben, macht einer von ihnen auch noch den Clown, den Affen vor mir. Er hält selber den zweiten Hygienehandschuh in seiner Hand, um mich nachzu-, eigentlich vorzuäffen. Ist das hier versteckte Kamera oder was?

Nun ja, dieser ganze Zirkus hatte auch etwas Gutes, zumindest für meine eingeschlafenen Körperteile, denn denen schien jetzt wohl der richtige Moment gekommen zu sein, um sich wieder am Leben zu beteiligen.

Nach einer endlos langen Fahrt in diesem ach so bequemen Schlaftaxi, kamen wir endlich vor der Notaufnahme an. Ruppig, mit viel Krach, schlug einer der Zivis die Schlaftaxitüren auf und zog mich mit seinem Verbündeten wie ein zu heißes Blech mit ekligen ungesüßten Plätzchen drauf, aus dem Krankenwagen.

Übrigens, der Schlaftaxi-Designer sollte doch mal über die Beleuchtung in diesem Vehikel nachdenken. Also ich kann mich bei diesem grellen Licht jedenfalls nicht wohl fühlen und erst recht nicht entspannt einschlafen. Dieser Kunstbanause, ich bedauere schon jetzt seine Freundin, falls sie jemals in dessen Privathaus eingeladen werden würde. Von romantischer Beleuchtung keine Spur, es wird taghell sein wie die Scheinwerfer in einem Fußballstadion. Über den Rest seiner Einrichtungsideen möchte ich lieber nichts sagen, nicht umsonst gibt es nach der Fahrt in der Notaufnahme die Nierenschalen.

Sechs Wochen nahmen sich die Ärzte Zeit. Sie untersuchten mich von Kopf bis Fuß. Sie fanden nichts, rein gar nichts! Wie blind muss ein ganzes Haus von Ärzten wohl sein? Hallo? Aber wie ein Wunder, am selben Abend meiner Einlieferung ins Krankenhaus ging es mir wieder gut. Mein Kopfdruck war verschwunden. Kein Wunder nach all der Kotzerei. Und der Kopfdruck kam auch über die ganze Zeit nicht wieder. Meine anderen Schmerzen ließen mich auch in Frieden, feige Krankheiten, trauen sich wohl nicht ins Krankenhaus, sie wissen wohl, dass ihnen hier der Garaus gemacht wird.

Am Ende meines sechswöchigen Aufenthalts war dieser Stationsarzt wohl von meiner Mutter so weit hypnotisiert, überzeugt, überredet worden zu glauben, dass mit meiner Psyche irgendetwas nicht stimmt. Dieser Gott in Weiß, so ein Mistkerl, hat wohl nur seinen Arzttitel und seine Zulassung aufgrund grob-fahrlässiger Fehler erhalten. Der Popanz machte mir dann tatsächlich den Vorschlag, ich solle mir mal überlegen, mich in einer psychosomatischen Klinik vorzustellen. Hat der Typ mir eigentlich jemals zugehört? Mein Kopf, mein Herz, mein Blinddarm, mein Bauch sind nur noch Schrott und machen mir nichts als Probleme. Falls er doch seinen Arzttitel verdient hat, dann sind alle Geräte in diesem Krankenhaus defekt, Haltbarkeitsdatum abgelaufen. Saftladen, aber meinen Entlassungsbrief habe ich zum Glück in meiner Tasche und Schmerzen habe ich auch keine. Feige Krankheiten.

Mutter hatte also schon wieder Unrecht, ich war aus der Klinik raus und war gesund und fühlte mich super. Vielleicht war er doch kein so schlechter Arzt, wie sonst könnte es mir sonst so blendend gehen?

Nicht viel Zeit war vergangen, siehe da, die feigen Krankheiten haben schnell festgestellt, dass ich aus der Klinik entlassen war - und klick, mein Kopf fühlte sich wieder wie zum Platzen gemacht an. Na bravo, doch ein Arzt der nichts taugt! Eigentlich sollte schon ausreichend sein, das mein Schädel einer Tretmine kurz vor dem Platzen gleicht, nicht nur das, mein Blinddarm sendete mir unfreundliche Signale. Er meinte, es ginge ihm schlechter als dem verfluchten Wasserball auf meinem Hals. Und es kam wie es kommen musste, meine Beine baumelten von einem unbequemen Stuhl, solche gibt es übrigens nur in Krankenhäusern und Arztpraxen, und warteten darauf, mit dem so bösen Blinddarm auf den OP-Tisch zu springen. Es scheint viele unfähige Götter in Weiß zu geben, denn auch nach Sticheleien meiner Venen, aus denen mir Blut geklaut wurde, nach vielem Grabschen, Pressen, Drücken an jedem Winkel meines Bauches, wurde ich schon wieder mit einem Arztbrief entlassen. Die weißen Götter stecken alle unter einer Decke und sprechen sich ab, denn schon wieder: Diagnose, psychosomatische Beschwerden waren die einzigen Worte, die aus dieser studierten Sauklaue zu entziffern waren.

Sei's drum, offenbar alles nur Schwachköpfe. Zuhause angekommen, waren meine Freunde, die Schmerzen immer noch da. Dieser Zustand war doch nicht psychosomatisch? Oder?

Nur zur Kontrolle drückte ich auf meinem Blinddarm herum. Kurz überlegte ich, ob das, was ich fühle, wirklich Schmerzen waren! Nicht ganz sicher, noch mal ein wenig hier drücken, ein wenig da, autsch. Ha, Stelle gefunden! Dieser Punkt schmerzte wirklich. Fasziniert davon, wie klein mein Blinddarm wohl sein musste, denn nur mit meinem kleinen Finger drückend, konnte ich den Schmerz wirklich hervorrufen. Verdammt, ein frei schwimmender Blinddarm, denn der Schmerz begann zu wandern und ich wanderte ihm mit meinem Drücken hinterher, über den halben Bauch. Es war an der Zeit, wieder ins Krankenhaus zu fahren, wo ich heute Morgen gerade erst als gesund entlassen worden war. Die Ärzte müssen auch damit gerechnet haben, dass ich zurückkomme, denn sie sagten mir zum Abschied, wenn meine Schmerzen stärker würden, sollte ich auf schnellstem Weg zu ihnen kommen. Da sie mir ihre Privatadresse nicht gegeben haben, konnte ich mir sicher sein, dass ich zu ihrem Arbeitsplatz kommen sollte.

Gedacht, gemacht. Schon wieder in diesem Desinfektionsmitteltreibhaus, auf einem besonders bequemen Stuhl sitzend und wartend auf den OP-Tisch. Ein alter Drachen, eine Giftspritze, die ich inzwischen nicht mehr sehen wollte, legte mir lächelnd ein zu langes Haargummiband um meinen Arm und probierte zum hundertsten Mal, mit dem ersten Stich, eine meiner Venen zu treffen. Wir beide wussten, dass nach zehn Minuten spätestens der zweite Arm zur Verfügung gestellt werden musste. Und so kam es auch. Danke, vielen Dank noch mal, du alter Drachen! Du brauchst deine Wut nicht an meinen nun nicht mehr unschuldigen Armen auszulassen. Ich wünsche dir von Herzen, dass dein Personalchef mal deinen Lohn mit der hier erbrachten feinen Leistung vergleicht. Deine Kündigung liegt bestimmt schon zu Hause, denn Leistung kann man das bestimmt nicht nennen. Zwei Patienten, Hilfesuchenden in einer Stunde Blut abzunehmen, drei Viertel sind beim Warten bestimmt verreckt und Staub überzogen erst Monate später entdeckt worden.

In diesem Laden scheint kein Mensch zu schlafen, geschweige denn mal frei zu haben. Der Doc, der mich heute Morgen entlassen hatte, kam zur Tür herein. Wer sich von uns beiden mehr darüber freute? Keine Ahnung. Doch eins schien er mir endlich zu glauben, nämlich das mein Blinddarm hochgradig entzündet sein müsste, denn er setzte, ohne noch mal meinen Bauch zu quälen, mich für den nächsten Morgen ganz oben auf die Operationsliste. Hätte ich gewusst, das ich heute Abend nichts mehr zu futtern bekommen sollte, hätte ich bestimmt noch einen kleinen Umweg zu einer Pommesbude gemacht. Denn wenn mein Bauch bis morgen warten kann, dann wäre das nicht schlimm gewesen. Siehst Du Mutter, ich brauche keine psychosomatische Klinik! Dieser Arzt wird langsam mein Verbündeter. Ein echter Kumpel. Er muss heute den ganzen Tag gelernt haben, seine Bücher gewälzt haben, um festzustellen, welchem Irrtum er unterlegen war. Schweinebacke, hätte er das früher gemacht, hätte ich den alten Blutdrachen nicht wieder sehen müssen.

Meinen Blinddarm war ich also los. Und meine Genesung dauerte ganze drei Tage. Was habe ich für einen Körper! So schnell hatte ich damit nicht gerechnet. Aber über solche Sachen macht man sich keine Sorgen und auch mein Kopf war wie von Geisterhand geheilt. Kein Druck, einfach frei, und meine Mutter hoffte stark, dass es mir nun endlich gut gehen würde. Kein Wort mehr über Psycho-Gedöns. Endlich Ruhe, nun konnte ich doch endlich am richtigen Leben teilhaben, mich wohl fühlen und das Leben in vollen Zügen genießen und meine Träume leben und auch endlich wieder beschwerdefrei weiter arbeiten gehen.

Am vierten Tag nach meiner Operation stand ich bei meinem Arbeitgeber schon wieder auf der Matte. Bereit der Welt zu zeigen, was für ein zäher und willensstarker Kerl ich doch bin, ein echter Mann. Mein Chef ließ mich die erste Woche nur am Telefon arbeiten, um mich zu schonen. Warum auch immer, nur weil mich mein Hausarzt noch für eine Woche krankgeschrieben hatte. Ochse. Endlich war die Schonfrist vorbei und mein LKW wartete auf mich. Stolz wie Oskar kam ich an meinem ersten richtigen Arbeitstag zur Arbeit, bereitete alles vor und fuhr auf die Autobahn und - so ein Schreck, schon wieder bekam ich Kopfschmerzen, das ist ja zum Verrückt-werden. Aber einen echten Mann bringt so eine Kleinigkeit nicht um, es macht ihn nur stärker.

Tapfer kämpfte ich mich mit stetig steigendem Kopfdruck durch die nächste Woche. Es war ein später Nachmittag. Gerade hatte ich ein Päckchen in der vierten Etage abgegeben - natürlich gab es in diesem Treppenhaus keinen Fahrstuhl – ich wollte gerade die Treppe herunter eilen, da wurde mir übel und ich sah die Stufen plötzlich nicht mehr. Mit meinen Fingern wischte ich mir über meine Augen, in der Hoffnung die Treppenstufen wieder zu finden. Doch die Stufen fanden mich, lang auf dem Boden liegend. Wie schmerzhaft können Rückenschmerzen sein, wenn man eine halbe Etage im freien Fall hinter sich gelassen hat! Deine Termine, das war das erste, was mir in meinen Kopf schoss mit den Schmerzen. Deine Tour, du musst weiter machen, sonst gibt es den Mega-Ärger mit dem Chef. Auf wackligen Beinen humpelte ich zu meiner wandelnden Paket-Station und fuhr weiter. Doch mein Zustand verschlechterte sich jetzt dramatisch. So viele Stufen stolperte wohl noch nie ein Mensch, wie ich an diesem Nachmittag. Völlig benommen fuhr ich Stunden später auf die Autobahn, Richtung Heimat. Die Fahrspuren verschwammen ineinander. Wieso ich ohne einen Unfall bis ins Paket-Center gefahren bin, keine Ahnung, offenbar viel Glück gehabt? Die Kiste abgestellt, meine Sachen aus dem Führerhaus geholt. Mit starrem Blick zur Umkleide und ab in die Notaufnahme.

Willkommen in deiner Welt! Langsam wird es hier Zeit für einen Stammplatz. Dem Doc habe ich meine Probleme geschildert, kurz Blutdruck messen lassen, für meine verschnupfte Nase ein Medikament verschreiben lassen und ab gings nach Hause. Heute hatte ich nicht das Bedürfnis in der Klinik zu bleiben. Mein Körper fühlte sich nur noch fertig an, genau richtig für den Kompost oder um vor der Glotze mit einem kühlen Bier abzuhängen. Morgen ist alles wieder gut, Waschlappen, du bist ein Mann. Ein UPS-Mann. Und wie ich mich auf mein Bett freute nach drei Bier. Mein Kopf fing an, sich anders herum zu drehen. Schlafen um drei Uhr morgens? Quatsch, jetzt wird mein Körper erst mal mit Energie aufgeladen, nicht mit positiver, sondern - und da verlässt mich mein Glück - mit negativer, mit Angst-Energie. Diese Kraft war so mächtig, dass für die restliche Nacht bei mir nicht mehr an schlafen zu denken war.

Erst als die Sonne wieder aufging, verspürte mein Körper das tiefe Bedürfnis zu schlafen. Den penetranten Wecker überhörte meine Müdigkeit mit Vergnügen, dito die

Anrufe meines Chefs, der bestimmt fünfmal durchklingelte, um mich zu erreichen, nachdem fünf Minuten nach Arbeitsbeginn vergangen waren. Als sich meine Augen dazu bequemten, endlich das Tageslicht herein zu lassen, war es schon zehn Uhr. Fertig ist kein Ausdruck für den Zustand, in dem ich mich befand. Vor Angst konnte ich mich kaum bewegen. Und siehe da, ich habe ein Wasserbett, von dem ich nichts wusste, von der Marke Angstschweiß. Toll so ein Wasserbett, nur nicht, wenn sich die Flüssigkeit auf der falschen Seite befindet.

Ein Blick in den Spiegel, und ich fragte mich, ob ich oder der Spiegel zuerst zerspringen müsste. Irgendwie wollten wir das beide wohl nicht und siehe da, wir existierten trotz dieses Anblicks weiter. Mein Hausarzt schien mir an diesem Morgen einen Besuch wert zu sein. Ich vermisste auch schon diese tollen Stühle im Wartezimmer. Doch die Erinnerungen an die letzten Arztbesuche brachten mich auf eine neue Idee, denn dieser Arzt hat mich sichtlich bis heute nicht geheilt. Er sollte vielleicht nochmals studieren gehen. Aus den Tiefen meines Gehirns fiel mir ein, dass mein Vater von seinem neuen Hausarzt schwärmte, in allerhöchsten Tönen. Dies war wohl der

Arzt, der mich heilen könnte. Und schon setzte ich mich ins Auto und fuhr voller Mut zu diesem Wunderheiler. Klasse, doch wie konnte ich nur glauben, dass ich heute der einzige Patient des Wunderheilers sein würde. Dieser Wunderheiler hatte wunderlich viele Leutchen in seinem Wartezimmer. Nicht solche, wie man sie sonst erwartet, Rentner und vereinsamte Alte, die am liebsten mit Kaffee und Kuchen vor ihren Heiland treten würden, nein auch keine Pubertierenden, denen die Lust auf Schule und Sport vergangen war. Das Zimmer war voll mit Ge-schäftsleuten, Müttern, na jedenfalls Menschen im mittle-ren Alter. Und die Stühle waren auch keine Wirbelsäulen-brecher, nein, eher angenehm für lange Wartezeiten.

Überraschung, das ist hier ja fast wie Geburtstag! War-tezeiten? Ich war gerade dabei, mir eine Zeitung auszu-suchen, da wurde ich schon ins Behandlungszimmer ge-beten, ja richtig, ge-be-ten! Nicht zitiert. Kann sich das jemand vorstellen? Irgendwo muss da doch ein Haken sein! Siehe da, da ist er schon. Ein Arzt in Ausbildung. Das kann ja heiter werden, einer, der seine Ausbildung noch nicht beendet hat, verdammt.

Irritiert war ich über die vielen Fragen, die mir dieser unfertige Arzt stellte, wie genau er alles protokollierte.

Sein Gesichtsausdruck, in keiner Weise angestrengt. So als ob er seine Lehrbücher alle offen vor seinem inneren Augen lesen konnte. Doch kein Haken, wo ist die tückische Falle, die mir den Rest gibt? Nach einer halben Stunde Frage und Antwort, Untersuchungen und Blutabnahme, die schon nach dem ersten Versuch glückte, wurde ich mit einem zweiwöchigen Krankenschein entlassen und gleich mit einem neuen Termin versehen. Er hat es erkannt. Ich, der gut und gerne arbeitet, hatte mehr als gut gearbeitet und vielleicht ein wenig zu viel. Ruhe und Erholung standen auf meinem Genesungsplan ganz oben und darunter kam nichts, rein gar nichts! Keine psychischen Probleme, tja so ist das, nur ein Mann, der sich ein wenig überarbeitet hat, ich bin doch kein Supermann.

Glücklich und voller Ruhe, kehrte ich nach Hause zurück, Zeit hatte ich jetzt und das in ausreichendem Maß. Die Glotze an, auf die Couch, Beine hoch, unter die Decke, und entspannen und Ruhe. Bis auf die langweiligen Dialoge der täglichen Sendungen der Hausfrauenprogramme war nichts zu hören.

Ausgeruht war ich inzwischen genug, schließlich lag ich schon zwei Stunden nichts tuend auf meinem faulen Hintern. Irgendwie musste ich die Zeit, Freizeit, Krankenfreizeit doch gut nutzen können. Mein Telefon erschien mir, zur Bewältigung bei diesem Problem, genau das richtige Hilfsmittel zu sein. Kurz in die Liste meiner Freunde geschaut. Es waren nicht wirklich viele Namen, also so zwei oder drei. Somit fiel mir die Auswahl, wen ich anrufen wollte, nicht allzu schwer. Gedacht, gemacht, getan, angerufen. Hätte ich mir auch sparen können, denn wie kann ich glauben, dass ich nicht der einzige bin, der im Moment krankgeschrieben ist, meine Jungs mussten natürlich arbeiten. Arme Geldsklaven. Für heute Abend versprach jedoch einer, sich zu melden. Idiot, weiß ich, ob mir dann noch langweilig ist? Nein, natürlich nicht, sonst hätte ich doch gefragt, ob wir abends was hätten machen wollen und nicht sofort.

Nun, da ich alleine mit der Glotze war und die mich im Moment ziemlich anödete, beschloss ich meiner Lieblingsbeschäftigung nachzukommen: Der Suche nach dem perfekten Konzept, um mich als Kaufmann selbständig zu machen und nebenbei ein kleines Vermögen zu verdienen.

Wie schon so oft vorher fiel mir auch diesmal ein Konzept ein, ein schlüssiges, jedoch nicht innovativ. Es würde ausreichen, damit seinen Lebensunterhalt zu bestreiten, jedoch reicht diese Idee nicht dazu, die Welt zu verblüffen. Also, Konzept zur Seite legen, in den Erste-Hilfe-Schrank, falls mir die tolle, die perfekte Idee nicht begegnen sollte. So vergingen einige Tage, die ich vor der Flimmerkiste verbrachte, ohne mich dafür begeistern zu können. Und meine Erholung und Entspannung war dabei den Bach runter gegangen. Obwohl ich mir ein schönes und gemütliches Sofa gekauft hatte. Dieses hat seinen Zweck nicht erfüllt, Scheiß-Designer. Keine Ahnung von Relaxquadraten. Tipp: Wer auch immer diese Kiste entworfen hat, bitte such dir einen neuen Job, von dem du was verstehst, zum Beispiel Stühle für Wartezimmer zu entwerfen, aber wage dich nicht daran, weitere Fakirkisten für Wohnzimmer zu konstruieren.

Ich fühlte den Druck in meinem Schädel wieder -immer stärker. Nicht schlecht, was eine Denkmurmel so alles aushält! Die Zeit des Aufbruchs hatte begonnen, zu diesem Wunderheiler, bei dem die Praxisräume mit traumsitzfleischbequemen Stühlen bestückt sind. Auch da schöne Grüße an den Innenarchitekt. Wenn man in einer

Praxis nicht warten muss, scheiß doch auf teure saubequeme Stühle.

Nun saß ich in diesem Wartezimmer, meine Krankmeldung hatte ihren letzten Tag erreicht, und ich war mir sicher, dass ich morgen wieder auf dem Bock meines LKWs sitzen würde und mich mit meinem Kopf rumärgern würde. Nach einer halben Stunde entschloss ich mich, doch mal eine Zeitung vom Stapel zu nehmen, da heute wohl irgendwas in der Praxis schief gelaufen sein musste. Alleine saß ich im Zimmer und siehe da, keiner kommt und keiner kann zum Doc reingehen! Vielleicht haben die mich ja vergessen, die zwei Quatschtanten vom Empfang. Weiber, wenn die einmal reden, gibt es um sie herum keine Welt mehr, es gibt nur noch die eine, die Welt voller Lippenstift, Hautcremes und den perfekten Masseur. Ich empfand es als unhöflich, die beiden aus ihrer Welt herauszureißen und sie in ihrem Redefluss, ihrem Redetsunami zu stören, diese Vorstellung allein löste schon fast eine Panikattacke in mir aus. Die Stühle, diese Sessel waren zudem so angenehm, dass ich es vorzog, lieber in meiner Welt gemütlich lesend sitzen zu bleiben.

Irgendwann, viele Sekunden danach, kam der Doc und bat mich in seine Räumlichkeiten. Wie ein Déjà-vue wiederholte er seine Untersuchungen und legte er mir eine weitere Krankmeldung hin. Mein Entsetzen, dass ich nicht am nächsten Tag zur Arbeit gehen konnte, wurde von neuen Gedanken schnell verworfen und ich fand mich sofort damit ab. Nun kommt aber der Knaller schlechthin! Nun fragt mich dieser Wunderheiler doch allen Ernstes, ob ich schon mal darüber nachgedacht hätte, einen Psychotherapeuten aufzusuchen. Meine Mutter war wohl mal bei ihm reingeschneit und hatte ihn schnell hypnotisiert. Nochmals: Ihr Mütter, wenn wir bemuttert werden wollen, dann lieber von euren hübschen Töchtern.

Nein, sagte ich und fügte schnell hinzu, dass ich über fast fünf Jahre hinweg einen Therapeuten einmal die Woche, fünfzig Minuten lang, an seinem so eintönigen Ärzteleben teilhaben ließe.

Innerlich hoffte ich, dass dieser Wunderheiler sich endlich von meiner Krankheit gelangweilt fühlte und mich nun gehen lassen würde. Kann der Typ Gedanken lesen? Macht es ihm Spaß die Hypnose, die er wohl durch meine Mutter erfuhr, nun in vollen Zügen über mich einbrechen zu lassen?

Er tat es nicht, wir verabschiedeten uns, und er stellte klar, dass wir uns in zwei Wochen am selben Ort wieder sehen würden.

Also schon wieder nichts als Langeweile, Rumgammeln, in den Tag hinein Schlafen. Am nächsten Tag rief ich meinen Seelenklempner an, den ich nun seit einem halben Jahr nicht mehr gesehen hatte und wie hilfsbereit, er hatte gleich einmal wöchentlich für mich Zeit. Den zwei kommenden Wochen sah ich nun mit etwas mehr Gelassenheit entgegen, denn dieser Typ konnte einen wirklich gut zurechtbiegen.

Inzwischen sind fast drei ganze lange Monate verschwunden, die ich dahin lebe, eigentlich nur mit meiner Körperhülle anwesend war.

Gerade ist eine dieser Super-Sitzungen bei diesem Gehirnkleisterheld vorbei und ich fühle mich wirklich gerüstet, mich nächste Woche nun endgültig ins Arbeitsleben zu stürzen, und ich fahre voller schöner Vorstellungen nach Hause. Meine Energie war ganz positiv. Welche Pyramiden soll ich versetzen, welche Staaten in einer Nacht errichten? Ich habe Kraft, Willen und Power! Los Leben komm, vordere mich!

Stopp, so nicht! Die Nacht darauf glich einem Grusel-schocker der Extraklasse, mit ziemlich vielen Zusatzklassen. Meine Gedanken gerieten vollends außer Kontrolle und boten mir die tiefsten Abgründe, die ich je vor Augen hatte. Ich bin ein Nichts. Eine Hülle, mit Wasser gefüllt. Ohne Gefühle. Ein Butler, einer, der in seinem Job nicht zufrieden ist und es nicht einmal merkt. Ein Sklave, gefangen und geknechtet von meinen eigenen Gedanken, die sich wie von selbst steuern, auf die ich keinen Zugriff mehr habe. Unbewusst muss ich mich perfekt von mir selber ausgegrenzt haben, so dass ich zu diesem Nichts geworden bin. Meine Vergangenheit ist weg, so als ob ich sie nie gehabt hätte, grob erinnere ich mich an die letzten vielleicht zwei, drei Jahre. Mit einer Riesenwucht bin ich gegen mich gestoßen und ich erkenne mich nicht. Eine Scheiß-Erkenntnis.

An diesem Morgen schaffte ich es nur mit allergrößter Mühe zu meinem Wunderheiler, nennen wir ihn Master Doc. Das Wartezimmer, keine Ahnung ob voll, ob leer. Wie lange ich auf welchem Stuhl saß und wie angenehm, nichts davon weiß ich noch. Ich fühlte mich als Betrachter, der nur das Leben beobachten kann, ohne selbst dran teilhaben zu können. Irgendwann, irgendwie saß ich dann beim Master Doc mit gesenktem Kopf. Unsicher, was ich zu sagen hatte, probierte ich ihn anzubetteln, mir die Möglichkeit zu geben, mich in einer Klinik unterzubringen. Mir eine Einweisung zu verpassen. Sage ich doch, ein Master, wenn nicht sogar der Master aller Superklassen. Und sofort hatte ich eine Überweisung zu einer Psychosomatischen Klinik in der Hand und gute Besserung mit auf meinen Weg bekommen, danke Mutter, danke Vater.

Fertig wie ein Trabi nach einer Kollision mit einem Vierzigtonner, mit der Überweisung in der Hand, die ich nie in meinen Händen halten wollte, verließ ich die Praxis.

Krankheiten sind nicht feige, sie begleiten dich gerne in ein Krankenhaus und noch viel lieber auch wieder heraus. Sie wissen ganz genau, dass sie nur selten entdeckt werden und noch seltener erfolgreich bekämpft werden und ganz vernichtet werden. Welche Krankheit auch immer in mir steckt, ich heiße dich willkommen, denn ich bin bereit, mit dir den Kampf meines Lebens aufzunehmen und ich weiß jetzt schon, wenn der Kampf vorbei ist, wirst du dir wünschen, das ich dir nie wieder entgegen treten werde, da deine Niederlage entsetzlich sein wird, auch wenn ich dich nie ganz eliminieren kann, so werde ich doch immer besser gerüstet sein als du. Also fang an dich zu fürchten, so wie du es mich gelehrt hast, wie du mich Jahre lang zu deinem Untertan gemacht hast, lerne dich ab jetzt als Außenseiter zu fühlen, einsam und verlassen. Erinnere dich an meine Worte besonders, wenn es dir mehr als nur schlecht geht. Dann wirst du dich von alleine isolieren, so dass ich von deiner Anwesenheit nicht mehr viel mitbekommen werde. Lass uns den Kampf eröffnen.

Die Straße, die mir so sehr vertraut ist, lässt die Regengüsse gelassen in die Kanalisation entweichen. Meine Scheibenwischer, geplagt, ohne Widerwillen, verrichten gleichmäßig ihren Dienst. Mein Verstand probiert sich zwanghaft auf Konzentration zu stellen, um nicht als hochgradige Katastrophe, sprich als Verkehrsblockade am Verkehr teilzunehmen. Zu tragisch wäre ein Aufprall mit fremdem Blech oder eigener Schrottkiste. Hier beginnt der Weg, der Anfang zu meinem Ziel. Zur Hochburg der Durchgeknallten. Hier landen alle, die von der Gesellschaft als Hindernis angesehen werden, von denen der

„gesunde" Mensch sich nur allzu gern distanziert. Eine psychosomatische Klinik, die helfen soll, Kranke wieder in die Gesellschaft einzugliedern, sie gesund und umgänglich zu machen. Weit weg, von meinem Ziel, da ich den Anfangsweg nicht greifen, nicht finden kann, überließ ich es meinem Instinkt den richtigen Weg zu finden. Den Weg zur psychosomatischen Klinik.

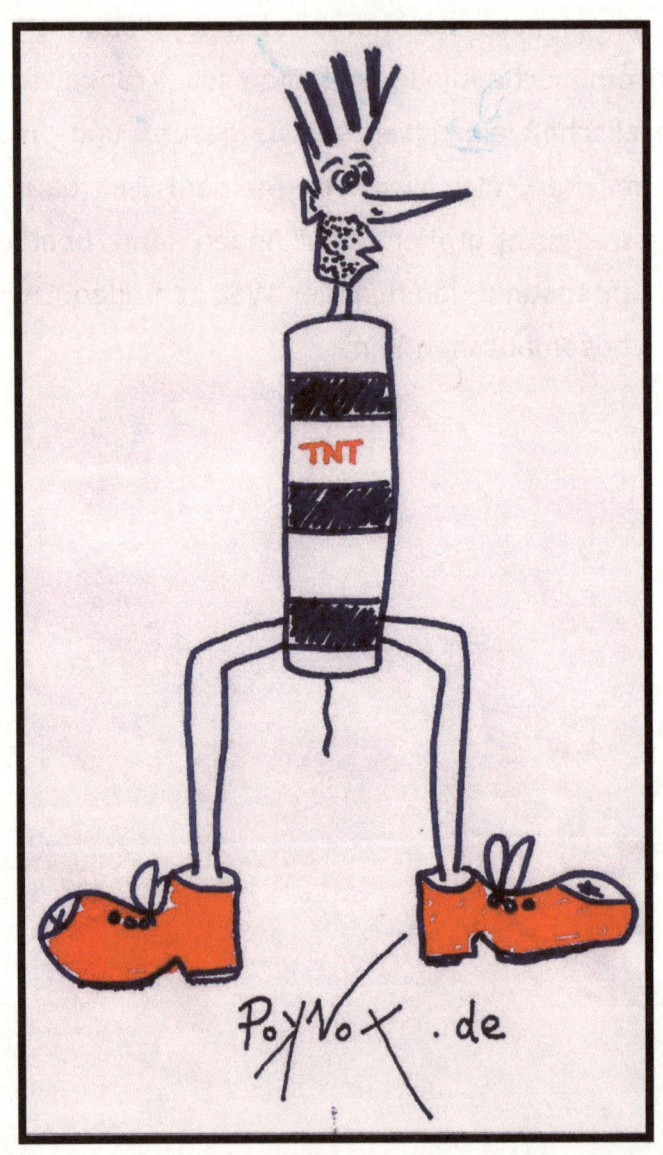

2. Schutzgeld

Es ist immer dasselbe, im Urlaub steht der Bus immer im Stau und in der Schulzeit, wo ist der Stau geblieben? Eigentlich müssten die Leute in den Ferien alle schön unter der Sonne im fernen Süden liegen, aber nein, sie stehen vor dem Bus, in dem ich sitze, und verursachen den Stau.

Lorenz, ein Klassenkamerad, reißt mich aus meinen Träumen: „Sollen wir bis zum Bahnhof fahren oder an der nächsten Haltestelle aussteigen?" Mir war nicht wohl, an der kommenden Haltestelle auszusteigen, denn manchmal laufen in dieser Gegend seltsame Leute rum. Ich bestand zerknirscht darauf, dass, sollten wir angemacht werden, wegzulaufen, um Hilfe zu holen.

Der Bus hielt an der Bushaltestelle und die Tür ging auf. Nie zuvor habe ich vier so seltsame Leute einsteigen gesehen. Alle waren gleich angezogen. Schwarze Jacken, Sporthosen und das seltsame daran war, sie trugen Lichtbänder an ihrer Stirn. Wie umlaufende Lichter einer Kirmeskarussells. Oder kennt ihr die Lichter von Weihnachten, mit dem einzigen Unterschied, dass die Lichter kleiner waren?

Lorenz sah mich an und stieg aus dem Bus. Ich wusste, was er mir sagen wollte, was sind das bloß für Idioten. Wir mussten rechts gehen, als wir aus dem Bus ausgestiegen waren, um zur U-Bahn zu gelangen. Die vier seltsamen Leute, die erst in den Bus eingestiegen waren, stiegen jetzt sofort wieder aus. Aus dem Augenwinkel sah ich, wie sie hinter uns herkamen.

„Hey, was guckst du?", war der Spruch von einem der Vier, im selben Moment, als er Lorenz ein Bein stellte. Gleichzeitig spürte ich, wie meine linke Wange heiß wurde, denn ein anderer aus der Truppe muss mich mit voller Wucht auf meiner Backe erwischt haben. „Hey, gib mir dein Geld, oder ich bring dich um!"

Lorenz war vor mir und wurde inzwischen von dreien über die Straße begleitet und zwischen Schlägen bekam er auch noch ein paar Sätze ab, die immer das gleiche forderten: „Gib Kohle, gib dein Portemonnaie!"

Ich lief dem einen davon, der wie Kaugummi an mir zu kleben schien. Aber anstatt Hilfe zu holen, lief ich zu Lorenz, der im Moment alleine stand, da einer von den vier Gangstern wohl zu heftig auf ihn eingeschlagen hatte und die anderen wohl dachten, ihn wirklich umgebracht zu haben. „ Hau ab, Lorenz! Hol Hilfe!", Lorenz war nun in den Hintergrund geraten, denn sie wandten sich mir zu und wollten nun mein Portemonnaie. Sie spuckten mir ins Portemonnaie und ich musste es in die Hosentasche stecken.

Lorenz rannte die Treppe zur U-Bahnstation herunter und ich freute mich schon auf die Hilfe, die er holen würde, doch wohl zu früh.

Der Anführer bearbeitete mich mit weiteren Schlägen und es kam nur die Hilfe seiner Kumpels, Sie rissen ihn zur Seite und schrieen irgendetwas, in diesem Moment rannte ich so schnell ich konnte die Treppenstufen zur U-Bahn runter. War ich froh da raus zu sein, doch die letzten Treppenstufen auf der Ebene viel ich runter, denn der Anführer der Truppe hatte mich eingeholt und schubste mich. Der reinste Horror fing an. Er zog seine Schwarze Jacke hoch und zog ein silberfarbenes Ding aus seiner

Hose. Ich war wie gelähmt, Leute die eben noch schemenhaft sichtbar waren, waren aus meinem Blickfeld verschwunden. Vor meinen Augen war ein ganz kurzer Weg in die Ewigkeit sichtbar: Ich sah direkt in den Lauf einer Pistole. Das Gesicht des Anführers war für mich nur noch Nebensache. Der Kerl brüllte mich an: „Ich weiß, wo du wohnst. Du bist heute Abend mit Kohle hier, punkt sechs, sonst lege ich dich um!".

Nun war meine andere Backe wohl dran, doch diesen Schlag nahm ich nur noch unterbewusst war. Ich stand nicht lange still, aber ich rannte auch nicht mehr. Ich dachte erleichtert: ‚Du lebst ja noch!'.

Unten am Ende der U-Bahnstation stand Lorenz völlig verängstigt. Wir stiegen sofort in die bereit stehende U-Bahn.

Für Vorhaltungen war es zu spät. Ich konnte nicht fassen, dass er keine Notruftaste in der U-Bahnstation gedrückt hatte, um Hilfe zu holen. Aber ich weiß auch nicht, ob ich in dieser Situation, völlig verängstigt, daran gedacht hätte!

Der Weg in die Altstadt mit der U-Bahn kam uns wie eine Ewigkeit vor. Wir beschlossen gemeinsam sofort zur

Polizei zu gehen. In der Altstadtwache erzählten wir unser Erlebtes. Nach dem ersten Erzählen mussten wir beide in getrennte Räume und unsere Geschichte noch einmal wiederholen. Dann mussten wir unsere Aussage einzeln unterschreiben und wurden mit den Worten entlassen: „Wahrscheinlich kriegen wir sie nicht, lasst euch nur nicht unterkriegen, Jungs!".

Aus unserem schönen Ferientag ist nun doch keiner geworden, sondern ein Tag, an den ich nicht gerne zurückdenke. Wir gingen weder in ein Geschäft noch in ein Eiskaffee an diesem Tag, mit der ersten Bahn fuhren wir aus der Altstadt nach Hause zu meinen Eltern. Ich erinnere mich nur daran, dass mein Vater zunächst skeptisch der Geschichte gegenüber war, als wir ihm davon erzählten, wie wir überfallen worden waren. Ich kann bis heute nicht verstehen, wieso er an unserer Erzählung zweifelte. Liebe, fürsorgliche Eltern, sollte euer Kind jemals etwas Schreckliches erleben, nehmt es Ernst, es braucht eure Unterstützung und einen Ort der Sicherheit.

Meine Angst war groß. Mein Herz arbeitete auf Hochtouren. Die Angst, die ich ausstrahlte, hat meinen Vater schließlich doch berührt und eingenommen, und er fuhr mit Lorenz und mir zur Goethewache.

Es war kurz vor halb sechs, als wir auf der Wache ankamen. Mein Herz beruhigte sich allmählich, doch mit Lorenz und meinen Erzählungen des Vormittags stiegen der Herzschlag und die Angst in mir wieder an.

Die Beamten waren sichtlich froh, im Gegensatz zur Altstadtwache, dass wir zu ihnen gekommen sind. Nachdem wir berichtet hatten, dass wir heute um Punkt sechs Uhr wieder am Tatort sein müssten, ging auf einmal alles blitzschnell. Sogar so schnell, dass ich mich nur noch an wenige Einzelheiten erinnere, bis wir am Tatort ankamen.

Die Polizisten baten meinen Vater, Lorenz und mich zur U-Bahnstation zu fahren, so das wir um kurz vor sechs am Tatort stehen würden und mein Vater solle auf einer anderen Straßenseite der großen Kreuzung warten.

In der Zeit, als wir zur U-Bahnstation fuhren, machte sich auch ein Trupp von Zivilpolizisten auf denselben Weg. Sie wollten sich am Tatort verstecken und genau dann zuschlagen, wenn die Gangster kommen würden.

Lorenz und ich hatten große Angst. Wir sahen nirgendwo einen Polizisten, mit dem wir auf der Wache gesprochen hatten und wir befürchteten, dass Sie es nicht rechtzeitig schaffen würden, hier zu sein.

Wir standen jetzt oben am Eingang zur U-Bahnstation, wie vereinbart. Es war schwül und die Luft war schwer. Meine Beine waren butterweich und ich zitterte ein wenig. Hinter uns gab es ein paar Hochhäuser. Die Tür des Hauses, das direkt hinter uns war, ging urplötzlich auf. Wir rissen unsere Köpfe rum und mir wurde richtig schlecht. Alle Viere kamen mit breitem Lächeln im Gesicht und mit den seltsamen Lichtern an der Stirn aus dem Hausflur heraus.

Der Anführer kam als erster auf uns zu.

Wo ist bloß die Polizei geblieben, dachte ich und sah niemanden, nicht einen einzigen Menschen, der näher an uns dran war, als zehn bis fünfzehn Metern. Und das an einer der belebtesten Kreuzungen unserer Stadt. Es standen bloß ein paar Personen an einer Straßenbahnhaltestelle, aber die waren zu weit weg, um etwas von den Geschehnissen mit zu bekommen. Es sah auch keiner von ihnen zu uns herüber. Keine Polizei weit und breit!

„Gib mir dein Geld!" Er riss Lorenz unterm Hals am T-Shirt. Ein zweiter boxte mir auf die Stirn und direkt darauf in den Bauch. Ich holte mein Portemonnaie heraus und holte fünfzig Cent raus: „Mehr hat mir mein Vater nicht gegeben", sagte ich zu dem Anführer und dachte nur, wo ist unsere Hilfe, denn ich war mir sicher, dass wir sie jetzt wirklich gut gebrauchen könnten. Der Anführer war voller Wut, sein Gesicht kurz vor der Kernschmelze, er holte schon zum Schlag aus und ich fürchtete, jetzt auch der Kernschmelze ganz nahe zu sein, doch es tat gar nicht weh. Denn in demselben Moment, als er mich schlagen wollte, hielt ein großer Mann seine Faust fest und schrie: „Polizei! Keine Bewegung!" Wie im Wachsfigurenkabinett, jedoch mit seltsamen Lichtern um die Stirn, hielten die anderen drei Gangster inne und standen wie erstarrt da. Auf einmal standen vier Zivilbeamte und eine Frau um uns herum und hatten den Gangstern schon Handschellen angelegt. Das Gangsteroberhaupt versuchte noch, sich gegen die Festnahme zu wehren, doch das war aussichtslos für ihn, denn die Beamten waren deutlich stärker. Die Frau nahm uns zur Seite und mein Vater war nun inzwischen über die Straße zu uns herüber gekommen und legte seinen Arm um uns. „Lasst uns nach Hause fahren".

Erst als wir zu Hause angekommen waren und am Esstisch saßen, kam ich aus meinen Erstarrung langsam wieder ins Leben zurück und langsam strömte wohlige Wärme in meinen geschlagenen Körper.

Mein Vater erzählte meiner Mutter und meinem Bruder von dem ereignisvollen Abend und fügte den mir bekannte Satz an: „Wieso passieren dir eigentlich immer solche Sachen und deinem Bruder nie?"

Dieser Satz tat weh. Doch es interessierte mich an diesem Abend nicht mehr und ich war froh, zu Hause in meinem Bett zu liegen.

Aus meiner Musikanlage lief leise Musik an jenem Abend und ich probierte einzuschlafen, doch die Bilder gingen nicht aus meinem Kopf, ich erlebte die Schmerzen jetzt auf eine viel härtere Art, in Form von Gedanken, von Ängsten, an den heute erlebten Tag, der so schön anfing, als ich mich mit meinem besten Freund zum Einkaufen in der Altstadt verabredet hatte.

3. Drückerkolonne

Schnelles Geld und viel davon! Das reizte mich schon immer, ein vernünftiges Ziel, denn viel davon ist wohl nicht verkehrt. Um dieses Ziel zu erreichen, braucht man nur seine Denkmurmel einzuschalten und sich mit Raffinesse den dazu passenden Job   suchen. Also ganz einfach, ihr Armen, die ihr schnell jammert, es gäbe keine Jobs, die es wert seien, so viel zu arbeiten und so wenig zu verdienen. Noch einmal, für alle Schneckendenker unter euch, das Ding, das ihr auf euren Schultern durch eure traurige Welt tragt, ist auch zum Denken nütze!

Schlagt also eure Tageszeitung auf, die ihr jeden Morgen vor eurer Tür vorfindet, die wie von Geisterhand jeden morgen neu erscheint (daher kommt übrigens jedes Vierteljahr die Rechnung, mit der ihr nie etwas anzufangen wisst). Wenn ihr keine Zeitung vor eurer Tür findet, schaut mal bei euren Erzfeinden, also euren so geliebten Nachbarn, vor der Tür oder im Briefkasten nach. Schlagt die Seite mit den Jobanzeigen auf. Richtig, die Seite, die euch von eurem gemütlichen Sofa entfernt, falls ihr dort so etwas wie eine Tagesbeschäftigung gefunden haben solltet. Ihr habt mein volles Mitleid, ihr Faulpelze! Falls ihr eine schöne Couch besitzt, die ihr nun nicht mehr benötigt, dann sendet sie bitte an meinen Agenten, ihr braucht sie nicht mehr, weil ihr eine Tagesbeschäftigung ergattert habt. Nehmt, falls ihr nichts in den Anzeigen findet, die Brille eurer Großeltern.

Liebe Großeltern, ihr habt eure Kinder streng und wohl erzogen, ihr habt ihnen gezeigt, dass man bis zu seiner Rente arbeiten kann, bei einem Arbeitgeber, nicht beim Sozialamt, richtig? Warum habt ihr vergessen, uns zu zeigen, mit welchem Job man das schnelle Geld verdient und wie man seine Couch trotzdem noch warm halten kann? Ihr alten Faltenköpfe. Nun stehen in einer Zeitung viele Anzeigen, aus denen nicht direkt hervorgeht, wie viel Geld man verdienen kann! So ein Mist, aber blind bin ich nicht, denn und das macht mich sicher, bei den Anzeigen, wo drinsteht, wie viel Moneten man verdienen kann, ist immer noch ein Job zu haben. Schlau wie ich bin griff ich zum Telefon und bewarb mich auf eine Stellenanzeige einer Werbeagentur. Ich erklärte kurz und knapp was mein Telefonstatist auf der anderen Seite der Schnur hören wollte. Ich, ehrgeizig, mit Reisebereitschaft, verdiene gerne Geld, wenn es anständig viel ist, und zur Not würde ich auch etwas dafür tun, wenn es denn dann unbedingt sein müsse. Und schon hatte ich den Job, ist doch ganz einfach, ihr Wasserköpfe.

Ich setzte mich in einen Schnellzug und fuhr in den Süden von Deutschland. Leider gab es keinen Flughafen in diesem Kuhdorf in der Walachei, wo ich meinen neuen Arbeitsplatz antreten würde, sonst wäre ich mit dem dem zukünftigen Geld angemessenen Flugzeug dort hingeflogen, um mich schon einmal an mein neues Lebensgefühl gewöhnen zu können, welches ich mir bald leisten können werde, bei der Kohle. Danke, du mein lieber zukünftiger Arbeitgeber. So einfach war der Weg, von der Arbeitssuche über den Bahnhof bis in den Zug und Endstation Zielbahnhof, wo mich sogar der Abteilungsleiter abholte. Ein komischer Kauz, dieser Abteilungsheini, arbeitet für eine Firma, die ein Top Nettogehalt zahlt, dieser überdimensionale Bauchträger steht vor dem Bahnhof mit einem ollen weißen VW-Bus. Wo war der Chauffeur? Wo der Maybach? Komische Statisten, diese Individualisten. Verkrüppelte Denkmurmel-Besitzer, Geld ist zum Ausgeben da, nicht zum Arschabputzen, oder, wie es die alten Faltenköpfe nutzten, zum Sockenstopfen. Widerwillig, mit gebremster Vorfreude stieg ich in die Sperrmüllkutsche ein und hoffte schnell, dass meine zukünftigen Kollegen besser ihren Luxus raushängen lassen würden, als dieser Dickwanst.

Denn heute war mein großer Tag: Ohne Studium, ohne Abi, ohne Realschulabschluss, nur mit einem Hauptschulabschluss bezog ich eine der begehrten Positionen in der Werbung. Ja ich, ich der weiß, wie es läuft, ihr dummen Statisten. Siehst du Vater, auch ohne Abendschule, auch ohne viel Arbeit und ohne Studium kann man Geld verdienen und sorry Paps, mehr als du mit deinem Lang-Studium, nach dreißig Jahren als Firmensklave. Es studieren doch nur Leute, die mit ihrer Freizeit nichts anfangen können, vielleicht weil sie kein Geld haben, inklusive dem Wunsch, im Studentenwohnheim ihre Liebe fürs Leben zu finden.

Verwundert war ich jetzt über diesen Dickbauch, der in einem Dorf die Sperrmüllkiste vor einem Supermarkt anhielt und mir sagte, dass ich ihn begleiten solle. Aber natürlich, die wandelnde Fettschicht hatte Hunger, und für so eine Außenhülle müssen auch eine Menge Zutaten organisiert werden, damit sich kein dröhnendes Knurren breit machen konnte. Super, echt super, ich werde seinem Boss direkt erzählen, dass er mich als Essensträger missbraucht hat, mich zum Sklaven seiner Appetitgelüst-Versorgung degradiert hat, nur weil er so geizig ist, keinen dafür zu bezahlen! Schwein, rundes dickes Schwein. Nun hat das rollende Stück Schwein schon einen Träger, geht aber nicht in den Appetitzügler-Regalnotreserve-Gang hinein, sondern bleibt vor dem Laden bei drei jungen Leuten stehen. Hey, der kennt ja jeden, und was mich noch mehr verwundert, er stellt mich gleich mal vor, obwohl ich diese Leute wohl nie wieder in meinem Leben sehen werde. Inzucht, natürlich, das ist hier ein Dorf, und jeder Neue ist gern gesehenes Frischfleisch. Na super, das kann ja lustig werden. Nun wurde die wandelnde Walhaut langsam seltsam. Heute sollte ich mir am Tag meiner Ankunft die Zeit nehmen und bei den drei Jungs stehen bleiben und mir ansehen, wie sie in der Werbung arbeiten und ob ich mir das dann auch für mich so vorstellen könnte. Hey man, wir haben zu Hause in Düsseldorf Unmengen an Werbeagenturen, aber keine, die vor einem roten Tisch vor einem Supermarkt steht. Ich wollte nicht

unhöflich werden und fügte mich schnell in die Gedankenwelt des dicken Potwals ein und stimmte zu. Vielleicht war
dies ja auch nur ein Test. Ganz bestimmt sogar! Welche
Werber würden sich so erniedrigen lassen und sich vor
einem Supermarkt auf ihre Arbeit blicken lassen? Diese
hier, verdammt. Ich traute meinen Ohren nicht. Die Jungs
sprachen Kunden des Supermarktes an und fragten, ob
sie Tierfreunde seien und ob sie kurz ein wenig Zeit für
den Tierschutz hätten.

Wundervolle Werbeagentur mit einem großen Herz für
Tiere. Davor sollte man ja wirklich Respekt haben! Nur
Firmen, in denen wirklich viel Kohle im Hintergrund ist,
können sich erlauben, ihre Mitarbeiter für die Tierhilfe
freizustellen. Gemeinnützige Arbeit ist ehrenwert, nur
hoffentlich nicht all zu oft. Ein verweichlichter Boss muss
diese Firma leiten! Mit Tierschutz kann doch kein Mensch
etwas anfangen, es sei denn, das Vieh liegt auf dem Teller
in köstlicher Rotwein- oder Pfeffersoße.

Bitte, das kapiere ich nicht! Die Kunden vom Super-
markt, einer nach dem anderen, werden an den roten
Kasten, Tisch, ans Podest gebeten. Eine herzzerreißende
Story über die verschiedensten Tiere und Arten, wie sie

gequält und misshandelt werden, wird von hinter der roten Kanzel gepredigt. Und diese dummen, sehr dummen Inzucht-Einwohner glauben diese Story auch noch! Heimlich hatte ich mir einen Mitgliederzettel genommen, den die überzeugten Kunden nach der Story auszufüllen hatten, und stellte fest, dass ich auch schon einen ausgefüllt hatte. Nur zum Üben versteht sich. Ich bin ja kein Tierfreund. Als Haustierhalter hat man nur unnötig viel Arbeit mit diesen Viechern und in der Natur, nun ja, selten zu sehen, nur die Tretminen, welche die Köter der ganzen Welt immer dort deponieren müssen, wo gerade ich langgehe. An alle Drecksviecher, Zeckenjugendherbergen, werdet wie die Lemminge! Danke sagen euch alle Putzfrauen und meine Schuhe.

Pünktlich zum Geschäftsschluss des Supermarktes kam der Wal mit seiner Sperrmüllkutsche um die Ecke, und schnell räumten die Jungs die rote Kanzel und ihre Sachen geübt in den Sperrmülltransporter und wir stiegen alle ein. Siehe da, noch ein paar freigestellte Mitarbeiter. Der VW-Bus war jetzt bis auf den letzten Platz belegt. Alles was ich bis heute über die Werbung wusste war, das nur junge Leute dort als Mitarbeiter erwünscht sind. Tatsache, Klischee erfüllt. Der älteste war gerade mal

27 Jahre, abgesehen von dem Wal, der schien die Ausnahme zu sein, mit Mitte vierzig, kurz davor zu vergreisen.

Was freute ich mich endlich, mein neues zu Hause kennen lernen zu dürfen! Man sagte mir am Telefon, dass ich in einem Haus wohnen würde, einem schönen, großen, gemütlichen, meiner Position entsprechend.

Nach gut zwei Stunden Fahrt, mittlerweile war ich schrecklich müde, hielt der Wagen vor einer Art Bauernhaus, mitten in der Pampa, und der Wal drehte sich zu mir nach hinten um und sagte, dass wir nun da seien. Was! Ist der bekloppt? Ein Bauernhaus, soll ich für meine Bauchfüllung jetzt auch noch Felder bestellen, oder mich weiter sozial für die Tiere auf dem Hof einsetzen? Ha, ein Schwein, vielleicht habe ich Glück und kriege heute noch eins auf den Teller. Meine Gedanken gesammelt und huch, der Bus war leer, zum Bauernhof war keiner der anderen gegangen, mein Gepäck wollten sie scheinbar auch nicht tragen, tolle Egoisten, na das kann ja noch lustig werden. Meinen Koffer in der einen Hand, das Handy in der anderen Hand, auf die andere Straßenseite geschaut und, schluck, ein Schlumpfhaus, zwar nicht rund, aber dafür alt und eine Drecksbude. Ein Wunder, dass das architektonische Missgeschick überhaupt ein Dach hatte.

So ein Mist, wenn ich nicht au dem Bauernhof lebe, dann gibt es heute Abend wohl auch kein leckeres Schwein auf meinen Teller.

Ich ging hinein, hoffend, dass mir diese Bruchbude nicht über meiner Denkmurmel zusammenbrechen würde. Jetzt reicht es, ein quadratisches Monster, in dem ich Gemütlichkeit vorfinden sollte, wird als Gruppentreff benutzt? Da saßen die Jungs und Mädels alle an einem, na ja, so etwas wie einem Tisch in Bierzeltoptik aus zusammen geschraubtem Schrott, in meinem Haus! Meinem! Mein Boss muss viel Stress haben, denn sonst hätte er einen solchen Fehler wohl nicht gemacht. Morgen werde ich mit ihm reden, und er wird sich für dieses Missgeschick entschuldigen. Armer gestresster Boss! Ich werde dir morgen verzeihen.

Also nach dem Essen, hoffentlich, geht das schnell vorbei, werde ich diesen Haufen von unsensiblen Kollegen an die frische Inzest-Dorfluft setzen. Essen war vorüber und eine weitere Stunde auch. Der Wal stand auf und sagte endlich die erlösenden Worte, das es nun Zeit zum Schlafen sei, denn am nächsten Morgen müssten wir alle wieder früh raus, diesen Zusatz hätte er sich ruhig sparen können. Danke du dickes Schwein, du kommst aus deinem Bett morgen früh gar nicht so schnell raus, wie du dir das wünschst, denn es muss erst ein Kranwagen kommen, der dir hilft, deine Masse in die Senkrechte zu hieven! Tja, hättest du den anderen früher nicht immer alles vom Teller geklaut, Vielfraß.

Bin ich hier im Irrenhaus, was hat der Dicke gerade gesagt, ab nach Hause, ab, weg mit euch, er meinte bestimmt nicht, das ihr mit euren durch Tretminen verseuchten Schuhen noch eine Inspektion in meinem neuen zu Hause machen sollt. Einer, der wohl der Clown der Truppe sein wollte, sagte tatsächlich in ernstem Ton, dass er mir unser Zimmer zeigen wolle. Schwuchtel auf Entzug oder was! He Chef, eine Frau wäre ja OK, eine Schwuchtel, was soll das? Das werde ich dir nicht verzeihen und auf deine Erklärung, wieso ich so sozial sein soll, Kollegen, die ich gar nicht kenne, alle bei mir schlafen zu lassen, bin ich sehr gespannt. Ein Tipp, Boss: Ein Kurzurlaub mit Donald Trump könnte meine Kriegsgedanken sich in Luft auflösen lassen! Nichtswissender! Wahrscheinlich hast du einen dummen Angestellten gebeten, sich um alles zu kümmern, armer, gestresster Boss. Ich werde den Laden für dich zivilisieren. Den Bauerntrampeln die Gülle aus ihrem Hirn drücken, Boss, deine Rettung kommt. Übrigens Chef, morgen hätte ich gerne meinen versprochenen Dienstwagen! Ich werde nie wieder in diese Sperrmüllkutsche steigen, höchstens, um zu meiner Edelkarosse zu kommen, doch lieber wäre es mir aber, wenn du mir ein Taxi schickst oder einen Chauffeur. Vater, eine Edelkarre, wie lange habe ich mir gewünscht, ein Auto, und sei es die letzte Blechschleuder, von dir zu bekommen, hallo, ich bin dein Sohn, hast du es mir nicht versprochen? Ein selbstloser Boss, der mich nicht kennt, wird mir eine Luxuskarre unter meinen Gasfuß setzen, was für ein guter Boss! Danke Vater, ich bekomme auch ohne dich mein Auto.

Gut Boss, zugesagt hatte ich, dass ich bereit sei, unter dringenden Umständen auch mal etwas zu arbeiten, das heißt aber nicht, das ich morgens um fünf Uhr geweckt werden möchte. Erst recht nicht von dieser Schwuchtel, die in meinem Zimmer geschlafen hat, warum konnte sie sich kein Zelt aufbauen und da schlafen! Boss, wir werden gleich mal reden müssen. Gedanken lesen kann der Typ, dieser gestresste Chef, auch nicht, keine Luxuskiste, kein

Chauffeur. Ein oller, zum Glück ein neuer Ford Escort stand vor der Tür, gut Boss, der Wille ist da, aber das Ding kann nur zeitbegrenzt sein, bis zu unserem Treffen, dann bitte den Ferrari oder den Audi TT, danke.

Endlich wurde es Zeit, meinen neuen Arbeitsplatz kennen zu lernen. Zeit mit dem Boss zu reden und die Firma in glückselig viele Moneten zu baden.

Pisskopf, ich bin doch kein Chauffeur, da stieg tatsächlich die Inzest-Schwuchtel in meine Übergangskiste ein. Erst die eklige Landluft die ganze Nacht mit diesem Hirnamputierten teilen müssen, dann auch noch spazieren fahren, Distanz gibt es wohl in Kuhkäffern und von Inzest verseuchten Landbewohnern nicht. Nun, eine weibliche Stimme von einem Navigationsgerät hätte mich beruhigend zum Ziel leiten können, doch seine Aggression hervorrufende Stimme war für mich kaum zu ertragen.

Unser Ziel war kein Büro, kein Ledersessel, in den ich meinen geplagten Körper bei einer leckeren Tasse Milchkaffee hätte abhängen können, nein. Unser Ziel war ein fast zweistündig entfernter Supermarkt, vor dem wir die Rote Kanzel vom Vortag wieder aufbauten. Mein Laune-Barometer hatte die tiefsten Grenzen durchbrochen. Pünktlich nach Aufbau und Einrichtung der Kanzel, kam der Sperrmülltransporter mit zwei übergebliebenen, dem Rest, zu uns und ließ sie bei uns stehen. Der Wal begnügte sich erst mal bei der Bäckerei und ließ den späteren Kunden nur noch Brotkrumen über. He, ein Mensch, dieser Klotz von einem Walross, er brachte mir einen Kaffe mit. Auf meine Frage, wann ich den Boss endlich sprechen könne, erfuhr ich die erschütternde Nachricht, dass ich mich noch einige Tage gedulden müsse. Feiger Boss, traut sich wohl nicht, mir unter die Augen zu treten. Schlauer Boss, vielleicht, ganz sicher sogar, möchte er sehen, wie ich mit dieser prekären Situation umgehe. Also, los ihr Kunden, lasst euch von mir belabern, damit ich einen guten Einstieg in meinen zukünftigen Job schaffe. Gedacht, gemacht, den Text hatte ich am Vorabend schon oft genug gehört und heute, wird gequatscht und werden Kontonummern aufgeschrieben, alles zum Wohl vom Tierschutz. Ich hoffe, dass ihr Tretminenproduzenten ab heute eure Scheiße nicht mehr in meiner Umlaufbahn verteilt, denn das tue ich, wenn auch mit Widerwillen auch für euch.

Ein Tag verlief wie der andere, ich warb ein Mitglied nach dem anderen. Meine Kollegen, diese schlechten Verlierer, hingen mir zahlenmäßig weit hinterher, bis auf einen, natürlich dieser Schwuchtel-Robert. Inzwischen und das kann ich nur mit Bestimmtheit sagen, scheint der Typ zum Glück auf Mädels zu stehen, trotzdem Boss, was ist mit meinem Haus, meinem Bett, meinem Luxus und - ich würde dich doch endlich mal gern kennen lernen!? Ich habe innerhalb von acht Tagen Mitgliedsbeiträge in Höhe von fast Neuntausend zusammen gebracht, soviel, wie die ganze Gruppe zusammen in einem Monat nur mit Glück erreicht, abgesehen von Robert. Ich will mein Büro, meine Luxuskiste, meinen Ledersessel, meinen Milchkaffee, und ich finde, Zigarren könnten gut zu mir passen.

Etwas war an diesem Morgen anders, als unser Wal, der Wecker, uns hochscheuchte, zur Abwechslung war es stockfinster draußen und ich hatte das Gefühl, das ich noch gar nicht geschlafen hatte, seitdem ich mich um halb eins ins Bett gelegt hatte. Zur Vergewisserung schaute ich auf meine Uhr, schluck, ich hatte wirklich noch nicht geschlafen, fünf vor eins, nimmt dieser Wal Drogen? Ich kann doch nichts dafür, wenn diese dicke Sau nicht schlafen kann!

Er hängt uns einen ziemlichen Stressfaktor an die Beine, der uns zur Eile antreiben sollte. Ich fand Eile nicht antreibend, noch fünf Minuten schlafen, danke. Irgendwie weiß ein Wal mit wenig Hirn, was er tun muss, um mich zu überzeugen, der Boss möchte uns morgen früh in Hamburg sehen. Schwups, ich hatte nie das Gefühl müde zu sein, als erster saß ich in der Sperrmüllkiste, mein Ford war auf unerklärliche Weise nicht mehr da, egal, Boss ich komme, ist Donald Trump auch schon da und wartet auf mich?

Mit großen Hoffnungen entschlummerte ich auf der Fahrt aus dem Süden Richtung Norden. Als ich erwachte, waren wir noch immer nicht am Ziel, es war schon halb elf. Wieso sind wir nicht geflogen? Der Boss sieht mich heute zum ersten Mal und dann bin ich auch noch un-pünktlich. Kutscher, gib Gas, für irgendetwas müssen die Speckrollen an deinen Füßen doch gut sein, wie wäre es zum Beispiel mit Schwerkraft über dem Gaspedal Rich-tung Boden? Um halb eins, endlich, kamen wir vor einem Restaurant zum Stehen, das an einer Landstraße lag. E-her eine Gaststätte, als ein feines Restaurant. Der Firma scheint es wohl nicht besonders gut zu gehen, was kom-men denn noch für Überraschungen auf mich zu?

An einer langen, spärlich gedeckten Tafel, eher eine Holzplatte mit vier Stelzen, auf der ein paar Getränke und Gläser standen, haben wir uns versammelt. Die Stimmung meiner Kollegen war aufs äußerste gedrückt, kein Wunder, ihnen schien wohl klar zu sein, wie sie sich mir gegenüber zu verhalten hatten und nun, endlich, bekamen sie ein schlechtes Gewissen.

Ein Zucken ging durch die Runde, als ein Mann Ende Dreißig, kräftig mit einer mächtigen Ausstrahlung und einem Cowboyhut den Raum betrat. Jetzt wurde selbst der Wal recht kleinlaut. Idioten, das konnte nur der Boss sein und wow! Was für ein Anhang, dicht hinter ihm folgte eine sehr grazile Frau! Und was für eine, die hatte bestimmt nichts mit Inzucht zu tun. Gelassen und überlegen lehnte ich mich auf diesem wartezimmerähnlichen Martyrium-Stuhl zurück und verschränkte die Arme vor meinem Bauch. Hallo, hallo, ist der Typ blind oder was? Hier sitze ich, dein Firmenretter! Wenn du willst, kümmere ich mich auch um deinen Anhang! Die Grazile setzte sich ans Kopfende unserer Tafel und der Cowboyhutgorilla an einen Nachbartisch. Eine Frau, was soll das für ein Spaß sein, aber klar, das erklärt, warum die Firma sich so für Tiere einsetzt, da kann nur eine Frau dahinter stecken. Bin ich ein Trottel! Aber wofür ist dieser Gorilla da, die wollen mir doch keinen Trump in Form eines zu jungen Schauspielers vor die Nase setzen. Wahrscheinlich wird das nur ein Kunde sein, bei dem wir endlich mit richtiger Werbung in Aktion treten können und endlich genug für die Pelzköttel getan haben.

Der Gorilla schien wohl ein Stammkunde zu sein, denn er kannte einen aus unserer Runde, denn er rief ihn zu sich, an seinen Tisch. Ein kurzes Gespräch und dann schickte er ihn wieder weg, nicht zu uns zurück, sondern durch eine Tür. Ein wichtiger Kunde! Er scheint sie alle zu kennen, er rief einen nach dem anderen zu sich und schickte sie danach ebenfalls weg, in Richtung Tür, nur die Inzest-Schwuchtel, Robert, der kam zu mir an den Tisch zurück! Nun saßen wir nur noch zu dritt an der Tafel, Mr. Inzest, die Grazile, die bestimmt meine Begleitung für meine erste Geschäftsreise sein wird, mein Hotelzimmer-Bettenfüller, und ich. Komm rüber, murmelte der Gorilla, meine Fresse, dachte ich, so kann man doch nicht mit einer solch hübschen Frau sprechen! Ich sah sie an, Bewegung bei ihr, kein Anzeichen, ich sah zum Gorilla rüber, schluck, bin ich ein Trottel, der meint mich, der Arsch. Kannst du mit mir auch vernünftig reden? Wie von der

Tarantel gestochen sprang ich auf und eilte in einer Geschwindigkeit, die ich sonst nicht an den Tag lege, zu ihm an den Tisch. Mit einer Geste zeigte er mir an, dass ich ihm gegenüber Platz zu nehmen habe. Nun war es endlich soweit: der Moment, den ich seit der Ankunft im Süden mit all den ganzen Pannen sehnlich erwartet hatte! Endlich konnte ich loswerden, was ich an Frust in mir hatte aufstauen müssen.

Mein Boss vs. Ich, an einem Tisch, in einem Raum, der heruntergekommener für ein Restaurant kaum sein konnte, Auge in Auge, meine Augen in den Aschenbecher blickend. Was für eine Macht dieser Gorilla mit seinem Blick versprühte, eingeschüchtert ist wohl ein sehr zaghafter Versuch, die Gewalt dieser Augen und ihrer Wirkung auf mich zu beschreiben. Armani-Anzüge, großes Lob an den Designer und denjenigen, der die Taue für die Nähte ausgesucht hatte, denn der Anzug, der mit Muskelmasse jeden Millimeter des Jacketts ausfüllte, hielt und hielt, obwohl es so aussah, als müsse er schon längst geplatzt sein. Von diesen sichtbaren Argumenten überzeugt, revidierte ich schnell meine Kritikpunkte ihm gegenüber und stellte meine Lauscher auf absolute Aufnahme und war sehr gespannt, worüber er mit mir zu reden hatte.

Schnell war abgeklärt, das meine Arbeitsleistung ihn be-
eindruckt habe und er erklärte mir, dass dieses Werben
von Mitgliedern, wenn ich dazu bereit sei, mein neuer Job
werden sollte. Mein Entsetzen, welches mich in just diesem Moment hätte überfallen müssen, kam nicht, nur
seine Argumente, um genauer zu sagen viertausend acht-
hundert Argumente, denn dies war die kleinliche Summe
an Geld, die er mir mit einem Lächeln für die ersten paar
Tage übern Tisch schob, wobei er betonte, dass das nur
ein kleiner Teil des Möglichen sei, denn er sah mich als
Profi an. Guter Boss. Mein Vater hat dies bis heute nicht
an mir erkannt. Ich wusste schon immer, dass ich einer
bin, wenn nicht sogar der Profi für alle Fälle. Ich hielt es
für besser, meine Punkte weiterhin nicht anzusprechen,
zumindest nicht in diesem Moment, da er mir zeigte, dass
man bei ihm wirklich viel Kohle verdienen könnte. Auf der
anderen Seite hatte er scheinbar auch keine Zeit mehr für
mich, armer gestresster Boss, denn er schickte mich zurück an die Tafel. Nun rief er die Grazile und den Wal zu
sich.

Kurze Zeit später wurde Robert und mir ein vernünftiges Essen serviert, ebenso dem Chef-Trio am Nachbartisch. Schmatzend mit voller Wonne schaufelte ich mir die

Köstlichkeiten in meinen leeren Bauch, bevor der Wal mit seinem Essen fertig sein konnte, von der Angst getrieben, er könne sich auch noch über meinen Teller hermachen.

Abends waren Robert und ich noch immer in lustige, oberflächliche Gespräche vertieft und am Nachbartisch war zwischen die Grazile und den Cowboy kein Bierdeckel mehr zu stecken und dem Dicken hing eine fette Zigarre aus dem Mundwinkel, während er die beiden aneinander rumlutschend mit einem zufriedenen Lächeln beobachtete. Der Cowboy bemerkte diesen gierigen Blick von seinem dicken Untertan, beugte sich zu ihm herüber, der Wal tat es ihm gleich, hörte, ließ seine Mundwinkel abwärts erschlaffen, stand auf und kam zu mir. Danke guter Boss, du möchtest, dass ich mich in deiner Gesellschaft befinde und eine köstliche Zigarre rauche von dir, bevor ich dich von der Grazilen befreie! Endlich wird der Abend so, wie ich es mir vorstelle. Der Dicke hob mich unsanft an meinem Hemd senkrecht hoch und bat mich in forderndem Ton, durch die Tür nach oben auf die Zimmer zu gehen und die anderen herunterzuschicken. Der Knaller: Ich solle oben warten, bis er mich holt. Was für ein Zirkus, was für ein Affentheater wird das jetzt schon wieder? Aha, sie wollen mir eine Einstand-Party geben, ihr dummen

Denkmurmelbesitzer, offensichtlicher geht es schon gar nicht mehr, aber Boss, wenn du mir etwas Gutes tun willst, dann nehme ich es auch gerne aus Höflichkeit an. Gesagt getan, durch die Tür, hoch, allen gesagt, sie sollen sich unten beim Chef melden. Und ich ließ mich in meinem Zimmer nieder, um auf die Feier zu warten.

Auf das Bett geschmissen, ein paar Kissen hinter den Kopf und den Rücken gestopft, Glotze an und derart wartend habe ich langweilige Nachrichten gesehen. Meine Augen, nach einer Ewigkeit, des sich nicht Rührens, kurz vorm Schließen, immer noch wartend. Nach gut einer Stunde kam Robert endlich und fragte, ob ich noch runterkommen wolle. Schlauer Fuchs, spielt gut dieser Typ, man merkt wirklich nichts von Party-Laune. Na gut, ich ging mit. Was für eine Schweinebrut! Alle hatten gegessen, leere Teller, leere Gläser mit Bierschaumrändern standen herum, da waren keine Geschenke, kein Champagner. Komische Party! Drecks-Boss, immer noch am Knutschen? Nö, wo ist der denn hin? Der Wal klärte mich auf, dass der Boss noch geschäftlich weg musste, aber dass er am nächsten Nachmittag wieder kommen werde. Warum zwei von den Kollegen Blaue Augen hatten, konnte mir keiner sagen. Wie auf dem Friedhof, keiner sagte an diesem Abend auch nur ein Wort, ich war der einzige, der Fragen stellte, wenigstens war ich in dieser Runde sichtbar nicht der einzige, der keine Antwort bekam. Scheiße, wäre ich lieber auf meiner ach so bequemen Couch zu Hause geblieben, und hätte sie nicht noch schnell vor der Abfahrt zu meinem neuen Job irgendeinem Typen geschenkt, der jetzt wahrscheinlich fröhlich furzend mit einer tollen Frau vögelnd den Stoff belastete. Danke für die Abnahme, lieber Typ und viel Spaß.

Der Abend, die Nacht, der nächste Tag vergingen ohne besondere Vorkommnisse. Mir wurde allmählich klar, dass ich für keine Werbeagentur arbeitete. Mir wurde klar, dass ich mich am Rande dessen bewegte, was in dieser Gesellschaft mit dem Ausdruck Kriminalität umschrieben wird. Aber was soll es? Die Leute haben ein gutes Gewissen, wenn sie glauben, einem armen Tier geholfen zu haben, welches sie nicht einmal kennen, und mein Bauch ist voll und mein Boss kann seine Zigarren, sein Haus auf Mallorca, sein Penthouse an der Alster, seine Villa in Bremen bezahlen, unterm Strich, ging es uns dadurch doch allen gut. Abgesehen von den beiden, die aus welchen Gründen auch immer mit Veilchen um die Augen herumliefen.

Einige Wochen waren vergangen und ich wurde bei den abendlichen Versammlungen nicht mehr auf mein Zimmer geschickt. Ich hatte übrigens kein eigenes Haus bekommen und bis heute habe ich auch noch keinen günstigen Augenblick erkennen können, um mich über meine Belange mit meinem ach so gestressten Chef auseinanderzusetzen. Mein Zimmer wäre mir wohl an diesem, wie auch an den folgenden Tagen wesentlich lieber gewesen. Unser Chef, stark, stellte sich, nachdem wir uns von dem, was er Buffet nannte, bedient hatten, vor uns: he Tarzan, bei dem hast du also schreien gelernt! Alle zuckten zusammen, mich eingeschlossen. Was wir alle für verweichlichte Missgeburten seien, schimpfte er und schickte den Wal nach oben, in irgendeines unserer Zimmer, er solle dort einen Spiegel abbauen und ihn zu uns an die Tafel bringen. Seine Zigarre, aus dem Mundwinkel hängend, ließ den Wal als Hitzkopf verdammt gefährlich aussehen. Seit diesem Tag, weiß ich, dass Dicke nicht langsam sind, sondern jedem Weltklasse-Sprinter Konkurrenz machen können. Denn wie der Blitz stand er mit einem Spiegel, wie ein treudoofer Hund neben seinem Herrchen, nach Luft japsend und wartete auf sein Lob. Bis heute!

Der Hitzkopf riss ihm den Spiegel aus der Hand und überreichte ihn einem Mädchen, das schon seit Tagen mit dem Veilchen-Kopfschmuck um ihre Augen herumlief. Er bat sie höflich, aber in bestimmender Militärmanier, ihre Augen im Spiegel zu betrachten, sie sollte sich fragen, wieso sie es nicht schaffe, neue Mitglieder zu werben, woran das wohl liegen könnte. Menschen zum Überreden seien doch genug auf dieser Welt vorhanden und jeder von ihnen lasse sich belabern. Das Mädchen wollte nicht in den Spiegel schauen. Hitzkopf senkte seine Hand über ihr zartes, zierliches Gesicht, so sanft, dass ich glaubte, Klitschko sei ein Schwächling. Aus ihrer Nase lief jetzt Blut, ihre Wangen glühten so heiß, man hätte ein Ei darauf brutzeln können. Der Hitzkopf zitierte sein dickes Schwein an seine Seite und wies ihn an, bei jedem Blick, den dieses Mädchen vom Spiegel abwandte, einzuschreiten.

Immer wieder drückte der Wal mit seiner ganzen Körpermasse den Kopf des Mädchens nach unten, der vor Tränen ganz nass war. Wenn sie nur in den Spiegel schaue, wäre die Prozedur sofort beendet. Ein dummer Wal, wahrscheinlich floss soviel Wasser aus ihrem Kopf, weil sie durch die Schläge regelrechte Wasserspeicher-Zusammenbrüche in ihrem Kopf erlebte.

Ein Blick in die Runde: Alle saßen vor ihren Tellern und - wie skurril - keiner schien etwas von diesem Schauspiel mitbekommen zu haben. Mein Gott, kann Hunger groß sein! Doch wie ich an den folgenden Tagen feststellen musste, war das eine allabendliche Theaterschau, Ende offen.

Herzinfarkt

Ein Klicken des Schalters und es war dunkel im Zimmer. Ich konnte nicht einschlafen. Die Hitze des Sommertages war noch nicht aus dem Zimmer gewichen. Die Bettlaken klebten mir am Körper. Unruhig lag ein Freund von mir in seinem Bett gegenüber. Wir hatten uns erst im Urlaub kennen gelernt und waren in kurzer Zeit gute Freunde geworden. Schnell hatten wir festgestellt, dass wir beide ähnliche Hobbys hatten und eine ähnliche Vorstellung davon, wie man diese Welt bunter gestalten könne.

Am Nachmittag waren wir bereits gemeinsam in einen nahe gelegenen Ort gegangen, ungefähr fünf Kilometer von der Clubanlage entfernt, in der wir in diesem Urlaub wohnten.

In dem Ort hatten wir nach einem Geschäft Ausschau gehalten, um uns mit Sprühdosen einzudecken. Es dauerte ewig. Dann hatten wir Glück und fanden das Gewünschte. Es war ein kleiner Laden, der schlecht mit Sprühfarben bestückt war, aber immerhin. Wir mussten also variabel sein und auf manche Farben verzichten.

Nach dem erfolgreichen Einkauf sind wir direkt zur Club-anlage zurückgefahren und hatten eine Superlaune.

Das Dunkel in unserem Zimmer fing an, mich nervös zu machen. Die Betreuer der Jugendgruppe, mit der wir in diesen Urlaubsort gefahren waren, hatten an diesem Abend jede Menge mit einem Jugendlichen zu tun, der den Alkohol nicht so gut vertragen hatte. Zu viel, zu schnell und von schlechter Qualität war sein Trinken gewesen, so dass der Kreislauf versagt hatte und der Notarzt alarmiert werden musste. Das Blaulicht warf einen gespenstischen Schatten an unsere Zimmerdecke, so dass unsere Lust auf die so reizvolle Spray-Aktion, die wir für die Nacht geplant hatten, einen deutlichen Dämpfer bekam. War das vielleicht ein böses Omen?

Im Taschenlampenschein suchten wir unsere Klamotten zusammen, die wir extra ausgewählt hatten: eine schwarze Hose, ein schwarzes T-Shirt, schwarze Schuhe und ein schwarzes Tuch, das wir uns über unsere Haare banden. Dann steckten wir uns alle Sprühdosen dahin, wo wir Platz fanden: in die Strümpfe, hinter den Gürtel, unter die Achselhöhle. Stattliche 15 Dosen pro Person mussten verstaut werden. Eine fast noch schwierigere Aufgabe bestand darin, die Dosen klimperfrei zu verstauen, um einer

Entdeckung durch die Polizei zu entgehen. Falls es doch dazu kommen würde, hätte für eine Flucht der Ballast sehr schnell abgeworfen werden müssen. Und da sage einer, Sprayer machten es sich leicht!

Und auf gings! Aus dem Fenster unseres Zimmers heraus, durch die Clubanlage und dann sofort auf die Hauptstraße, immer weiter, nur noch geradeaus gingen wir. Wir waren so aufgeregt, dass wir kaum etwas von dem Weg mitbekamen, der immerhin eine knappe halbe Stunde in Anspruch nahm. Bis zu unserem Ziel, einer kleinen Kläranlage, sind wir schweigend gegangen. Dort gab es eine mit Alu beschichtete Wand.

Die Spannung war aufs Äußerste gestiegen. Wie hoch war das Risiko wirklich? Zwei Häuser in der Nachbarschaft hatten geöffnete Fenster und Türen zur Kläranlage hin, so dass laute Geräusche bestimmt wahrgenommen werden konnten. Es war ein Abwägen. Sollten wir es wirklich wagen? Wie ständen wir denn jetzt voreinander da, wenn wir, eingedeckt mit Sprühdosen, unverrichteter Dinge umdrehen und zu unserer Ferienunterkunft zurückkehren würden?

Ja, wir mussten es tun. Es war uns jetzt egal, ob wir erwischt würden oder nicht. Der Gedanke ließ uns einfach nicht mehr los: wir wollten „es" nur noch machen, wir waren wie besessen davon.

Wir standen vor dem Zaun, der die Kläranlage umschloss. Mittendrin ein einziges Tor, das in seinem baufälligen Zustand einen wenig Vertrauen erweckenden Eindruck machte, ähnlich uns beiden (wenn uns jemand begegnet wäre). Ein Übersteigen mit den Dosen hätte wahrscheinlich ein Konzert von jamaikanischen Blechfasstrommeln in den Schatten gestellt, zumindest gingen unsere Befürchtungen in diese Richtung. Die ungewohnten Geräusche der Nacht, die Dunkelheit, aber auch das fremde Land schafften eine enorme Spannung. Sollte dieses Tor zu unserer Niederlage werden?

Nach kurzer Bedenkzeit kletterte mein Freund über das Tor und nahm alle Sprühdosen an, die wir zuvor aus den Falten unserer Kleidung hervorgeholt hatten. Er reihte sie neben der Aluwand auf, damit wir schnellen Zugriff auf sie haben konnten. Nun standen wir beide davor, und wir überlegten, wie wir den Platz auf der Wand am besten nutzen konnten.

Zuerst malten wir den Hintergrund in einer Farbe. Dann zogen wir die „First Outlines" unserer Fantasiefigur sowie die Grundrisse einer Mauer.

Ganz genau kann ich leider nicht mehr alles erzählen, die Erinnerung ist etwas verzerrt. Wie im Fieber verlief die Aktion. Bis zum jetzigen Zeitpunkt hatte uns keiner entdeckt, bald musste doch jemand kommen. Steigt oder sinkt das Risiko mit der verronnenen Zeit? Wann ist der richtige Moment, um aufzuhören? Wie schell verfliegt dann auch dieser Rausch? Nein, dieser Rausch sollte noch bis zum folgenden Tag anhalten! Mein Adrenalinspiegel schoss in die Höhe. Wir malten knapp vier Stunden. Doch es kam uns vor, als wären es nur zehn Minuten gewesen. Wir begutachteten unser Werk zum Schluss gemeinsam.

Plötzlich ging in einem Fenster hinter uns das Licht an. In Panik schnappten wir uns die Dosen und kletterten über den Zaun. Wir rannten durch die Nebenstraßen. Dann versteckten wir die Sprühdosen, die fast alle schon leer waren. Solange die Dosen bei uns waren, drehten wir uns alle paar Meter um. Zu eindeutig wäre der Nachweis gewesen, wer Urheber des frisch gesprühten pieces war. Nachdem die Dosen „entsorgt" waren, gingen wir ganz gelassen weiter. Ein gewonnener Kreuzzug! Als Sieger waren wir siegesbewusst, stolz und super drauf.

Glücklich in der Clubanlage angekommen, holten wir aus unserem Zimmer Chips und Cola und setzten uns an den Balaton. Zufrieden beobachteten wir den Sonnenaufgang, bestaunten die Vögel, die still übers Wasser glitten und zwischen uns war es genauso still. Wir genossen unsere Gefühle und waren mit unseren Gedanken nur bei dem Geschehen dieser Nacht und erlebten alles immer wieder. Wir freuten uns schon auf unser nächstes gemeinsames Werk.

Am nächsten Morgen redete ich gerade über meine Leidenschaft, Graffitis zu entwerfen, als unsere Gruppenleiterin zu uns an den Tisch kam. Sie bat mich ans Telefon, meine Mutter wolle mich sprechen. Verwundert darüber war ich schon, denn vor ein paar Wochen hatte ich das Elternhaus nicht ganz freiwillig verlassen müssen und lebte seitdem in einer betreuten WG für Jugendliche.

Am Telefon angekommen, nahm ich den Hörer ans Ohr. Heute erinnere ich mich nur noch an einen schmerzhaften Krampf, der meinen ganzen Körper ergriff. Gleichgewichtssinn versagte und ich fiel nach vorne auf meine Knie. Meine Stimmbänder verloren sich in einem Urschrei, welcher nicht enden wollte. Alle jugendliche Kraft verschwand aus meinem Körper, meine Stimme ertrank in salzigen Wasserbällen, die mir über die Lippen in meinen Mund flossen. Meine Gedanken erstarrten. Herzinfarkt! Mein Vater! Und ich war nicht da! Ich war so weit weg, unwirklich weit weg. Leere vor meinen Augen, helles Licht und ein ungreifbarer Himmel über mir. Alleine, nichts gab mir Halt. Stimmen drangen hallend in mein Unterbewusstsein. Meine Beine fühlten nichts, außer dass sie brechen wollten, um meinen Herzschmerz zu lindern. Die Sonne schien und Schweiß ran an mir herunter. Gleichzeitig schüttelte ich mich vor Kälte. Ein Engegefühl, umschlungen von fremder Kälte, spürte ich, dazu Stimmen, die immer lauter in meinem Kopf hallten.

Mein Vater! Ich sah ihn vor mir, so als wäre er wirklich da, nur, dass er nicht in Badelatschen und Schwimmhose vor mir stand, ich sah ihn an seinem Schreibtisch sitzen, fröhlich mit einem Kollegen telefonierend. Ich fühlte, wie mir jemand meinen Kopf streicheln wollte, etwas lebendiges, unangenehm Warmes berührte meine nassen Wangen. Mein Körper zuckte bei dieser Berührung zusammen. Ich bin doch kein Teddybär! Jetzt nicht! Ich brauche kein fremdes Leben zu spüren, mein eigenes Gefühl war verloren gegangen. Aus mir heraus habe ich es geschrieen, meinen Schmerz in die sanften Hände des Windes gelegt, in der Hoffnung, es würde weit, sehr weit weg von mir getragen, um mich zu schützen. Was für ein Trugschluss! Ich hatte meine Gefühle verloren. Der Wind hat meine Bitte nicht verstanden. Ich blieb allein zurück mit dieser Last, dieser Zerrissenheit. Mein Herz hat er mir geraubt. Seither empfinde ich den Wind als hinterhältiges Wesen, dem nicht zu trauen ist. Jener, der mich an diesem Tag alleine ließ, alleine, Vater, ich wollte dir doch zeigen, wie stolz du auf mich sein kannst. Dass deine ganze Mühe dir nicht mehr so erscheint, als sei alles umsonst gewesen! Vater, ich bin nicht so schnell, also bitte, warte auf den Tag, an dem ich dir zeigen kann, dass ich deine Worte schätzen gelernt habe, dass ich die Worte, die ich schon immer von dir erhofft habe zu hören, endlich über deine Lippen kommen. Dass du stolz auf mich bist! Ich merkte beim Schreien, wie sehr ich in mir gefangen war, dich nicht glücklich gemacht zu haben. Seither verfolgt mich die Angst, dass ich mit dir nie mehr ins Reine kommen könnte. Bitte stirb jetzt noch nicht! Dir gleich zu sein, ist nicht einfach. Dir Bewunderung abzuringen, ist für mich noch viel schwerer. Es ist nicht einfach dein Sohn zu sein, wenn man nur als Sorge gesehen wird. Dass ein Vater stolz auf seinen Sohn sein kann, ist das Größte, was sich ein Sohn von seinem Vater nur wünschen kann. Als der Jüngere kann man sich von seinem Gegenüber nur genügend gemeinsame Zeit mit dem Vater wünschen, denn das Leben ist nicht zu kurz, das ist ein Irrglaube, wenn man es richtig lebt. Zeit, um diese Kleinigkeit bittet ein Sohn jetzt seinen Vater. Alle materiellen Werte werden unbedeutend im großen Schatten der allmächtigen Zeit.

Loslassen

Nicht alles was man hat, kann man (be-)halten, man kann nie sicher sein, dass man es ein Leben lang sicher als ständigen Begleiter hat. Dafür eine zermürbende Unsicherheit, ein ständiger Begleiter der Angst, der einem das Gefühl der Geborgenheit nimmt, welches mir Sicherheit im Leben geben könnte. Die Reise meiner Beziehung war sehr turbulent, aber diese Turbulenz war auch wie ein Lebenselixier, das mich immer weiter antrieb, oft auf Umwegen, doch immer stetig nach vorne, immer in eine neue Richtung. Heute muss ich feststellen, dass wir uns vorher immer nur im Kreis, einem Irrgarten des Stillstands befunden haben, verblendet waren wir. Unbemerkt festgefahren in einem Kreislauf, nur um uns selbst drehend mit der Sonnenbrille des nur auf sich Bezogenseins. In dieser harten Egophase musste der andere untergehen, doch die Geborgenheit schrie: Halte fest, an dem was du brauchst, damit du dich nicht einsam fühlst, damit du nicht untergehst! Krampfhaft hält man an allem fest, was unbemerkt zur Gewohnheit geworden war. Und unbemerkt schleichen sich Krämpfe ins Herz, weil wir blind wurden, blind an dem Partner, blind an uns selbst, blind an der Beziehung. Stillstand, ist die Antwort, die uns zusammenhält, falsche Verantwortung, die uns anhaftet, auch wenn der andere diese gar nicht will und auch nicht erwartet. Mit falschen Klammern zusammengehalten, unbemerkt, stößt man sich selber ab und erfährt so die unangenehme Gefühlswelt des Hasses gegen sich selbst. Ständiges Anschreien war die Konsequenz meiner Blindheit, meines Schweigens, verlernt hatte ich zu reden, mich mitzuteilen. Die Unfähigkeit meine Gefühle zu spüren wurde mir zum Verhängnis, ich sah das Beziehungsbarometer einfach nicht mehr. Doch die Taubheitsschmerzen, die Täler der Quälerei waren zerstört, die Benommenheit, die Blindheit der Angst, dies zu akzeptieren, war zu groß, so das die Risse der Verletzung tiefer und tiefer wurden, uns auseinander sprengten, das Ende einer jeden Beziehung. Doch irgendwann muss man sich mit seiner Trauer messen, und man sollte den Kampf nicht verlieren, sonst zerbricht man, wie man nach einem verlorenen Kampf sich nicht aufgibt, das habe ich gelernt, doch verstehen tue ich es trotzdem noch nicht, selbst wenn sich die Gefühle wie gewohnt anfühlen.

Bekannte

In meinen tagträumenden Gedanken gehe ich über die Straßen. Menschen, ja, Lebewesen, viele, und jeder von diesen Individuen, alle sind Sie so selbstsicher. Jeder von ihnen kann sich offenbar gut leiden, jeder weiß, wer er ist und was er will, was er gerade macht. Jene, die mit ihrer Bierflasche in ausgefransten alten Klamotten im Dreck liegen, sind Verbannte aus der Welt jener, die wissen, wie die Welt sich dreht. Beobachtet die, welche vor den Cafes sitzen, sich in der Sonne räkeln, wie sie Kraft aus den Sonnenstrahlen aufsaugen, mit entspanntem Gesichtsausdruck ihre Rechnung bezahlen. Diese Ausgeglichenheit, manchmal kaum auszuhalten.

Zitternd halte ich mit verkrampfter Hand mein Handy und überlege, wen ich anrufen könnte, mit wem mich treffen? Wie komme ich in ein fröhliches Gespräch mit anderen, wer will meine Gesellschaft ertragen, ohne den Wunsch zu verspüren, sich in Lichtgeschwindigkeit von mir zu entfernen? Wie bereitet man seinem Gegenüber dieses Gefühl, sich mit einander wohl zufühlen? Wie in

Gottes Namen, schafft man es, in eine lustige Unterhaltung einzusteigen, ohne bei seinen Gesprächspartnern Würgereiz hervorzurufen?

Um heraus zu finden, woher solche Menschen augenscheinlich wissen, wie die Welt funktioniert, habe ich mir unfreiwillig eine Betrachterrolle zugelegt, um zu studieren, zu erforschen, was diese Individuen so sicher macht, in dem was sie tun.

Da ist eine Frau, die begleitet unsere Familie in guten wie in schlechten Tagen, verlässlich wie nur ein Mensch „ohne Macken" sein kann. Beneidenswert, ihr kam immer ein Lächeln über die Lippen, wenn es ein anderer brauchte. Bei großen und kleinen gesellschaftlichen Zusammentreffen war sie diejenige, die sich unaufdringlich im Mittelpunkt der Konservation befand. Sie war immer gern gesehen. Entspannt und aufmerksam wurden ihre Ansichten angenommen und für wahr befunden. Jeder Rat, den diese Frau an andere richtete, war fraglos klug und gut bedacht. Zudem sah sie gut aus, hatte selten Zeit, lange an einem Ort zu verweilen, doch wo sie aufgetaucht war, hinterließ sie einen großen bleibenden Eindruck, der jeden nachhaltig innerlich beschäftigte.

Viel Zeit ist vergangen, mein Bedürfnis mich mit einer so sicher im Leben stehenden Person zu treffen war jetzt von großer Dringlichkeit. Schnell habe ich sie angerufen und nach ein paar Terminüberprüfungen ihrerseits, denn sie hatte wirklich immer einen vollen Terminkalender, war tatsächlich noch eine Lücke da, um mich unterzubringen. Die Freizeittermine ihres prallvollen Terminkalenders passten für das ganze Jahr zusammen gesehen wahrscheinlich auf eine einzige Kalenderseite.

Zum Frühstück in zwei Wochen war doch noch Platz für einen Beobachter, einen Betrachter wie mich. Selbst wenn Sie andere Termine hätte zusammenlegen müssen, sie ließ mich im guten Glauben, sich auf unser Treffen zu freuen.

Mit pünktlichem Schellen zwei Wochen später an ihrer Tür und englischem Teegeruch, der aus der Küche kam, wurde ich in herzlicher Umarmung begrüßt. Ihr Lebensgefährte, der ihr nun mehr als dreißig Jahre treu zur Seite stand, den ich bis heute noch nie einen Witz habe erzählen hören, ein Engländer, ein Sturkopf, stand in der Küche und kümmerte sich um die Teebeutel, eine extra very british-Mischung. Im Wohnzimmer war der Esstisch zu einem ausgiebigen Frühstück hergerichtet worden. In Bayern würden die Gäste fragen, ob noch mehr zu essen auf den Tisch kommt. War dieser Zwerghappen etwa für uns alle gedacht?

Mein Anliegen war, da sie mich von klein auf kannte, etwas über mich, meine Person zu erfahren, was ich selbst mit meiner Beobachter-Wahrnehmung bis heute übersehen haben könnte, warum ich die Selbstsicherheit wie die anderen nicht auch für mich nutzen konnte, so wie sie, diese ausgeglichene, allwissende, selbstsichere, fest im Leben stehende Frau.

Und dann: Will diese Frau mir mein Weltbild zerstören, zerbrechen, auslöschen?

Ich, der wartende Betrachter, der alles genau beobachtet und zu verstehen versucht, soll sie in seinen Betrachtungen ausgetrickst haben? Sie hatte ein unangenehmes Gefühl, ihr war unwohl und sie war verunsichert. Macht sie sich etwa über mich lustig? Hallo! Um Himmelswillen, diese Frau, welche mehr Eindrücke bei mir und anderen hinterlassen hatte, als all die anderen, die ich beobachtet hatte, sollte auf einmal schwach und mit Selbstzweifeln geplagt sein? Quatsch, sie nimmt mich nur auf den Arm, sie will mich verschaukeln. Sie will bestimmt Eindruck hinterlassen, will mir sagen, dass eine psychosomatische Klinik in der heutigen Zeit gar kein Problem sei, denn wir alle hätten ja Probleme! Nein, das kann doch wohl nicht wahr sein, dass diese Frau mir genau das anraten will und sich dabei so erniedrigt, niemals. Ihr englischer Lebensgefährte half ihr gleichzeitig, die eigene Standfestigkeit wieder zurückzuerlangen. Der „Mr. Very british" von der Insel der ewigen Frühstückswurst-Brutzlerfraktion. Er wurde irgendwie lustig, aber ohne englischen Humor. Ha, fast hätten sich meine Mundwinkel mindestens einen halben Millimeter bewegt! Brauche ich nun einen Hörtrichter oder sind diese Allerweltsprachler gar nicht offen für den Rest der Welt?

Vertieft ins Land der Erdbeermarmelade auf Brötchenkontinentalplatten wurden viele Erinnerungen in mir hoch gerufen, die nichts, aber rein gar nichts mit dem zu tun hatten, was dieses vertauschte Pärchen von sich gab. Himmel, Arsch und Zwirn! Wo sind die Würstchen, jene, welche die Engländer tonnenweise allmorgendlich zu ihrem Frühstück verspeisen. Es kann doch nicht wahr sein, dass ich von diesem kulinarischen Genuss ausgeschlossen werde. Geizhälse! Wofür sind solche Vorurteile gut, wenn man wie ich Hunger hat? Sprichwörter sind eben nur Sprichwörter. He, ihr Engländer: Sprichwörter kann man nicht essen! Bitte, bitte sendet euren Landbesetzern hier, euren Überbleibsel-Mitbürgern ein paar von euren essbaren Gepflogenheiten zu, das könnte doch zur besseren Verständigung beitragen. Danke, danke, Porto übernimmt der Versender.

Meine erhofften Kindheitserinnerungen, die ein gesunder Mensch in seinen Erinnerungen doch gespeichert haben muss, habe ich nicht bekommen. Komisch solche Denkmurmeln. Wofür sind unsere Wassertröge auf unserem Rumpf gut, wenn selbst gesunde Wesen ihn nicht für große Speichermengen gebrauchen können?

Nach drei Stunden Gerede, nach Empfehlungen und guten Zusprüchen verabschiedete ich mich höflich und mit großen Turbulenzen sowie schweren Konzentrationsstörungen. Die hätten mich auch gerne auf dem Weg zur Klinik begleiten wollen, denn sie wollten nicht von meiner Seite weichen. Danke, ihr meine treuen Gefährten.

Diesellokomotive

Prüfungen spielen in meiner Familie eine große Rolle. Zusammen fiebern wir für denjenigen mit, der gerade eine Prüfung vor sich hat. Im Februar 1998 war meine Mutter mit einer Prüfung dran, sie stand vor ihrer Fortbildungsprüfung mit dem Abschluss zur Sozialarbeiterin für Senioren. Ihre Arbeit liebte sie sehr und daher war das Bestehen ihrer Prüfung sehr wichtig für sie. Es war am späten Nachmittag, als ich beschloss, von dem Zivildienstlehrgang, der in Bochholt war, nach Hause, nach Düsseldorf zu fahren, um bei meiner Mutter den Abend vor der Prüfung zu verbringen.

Der Zug, mit dem ich fuhr, eine Schneckeneisenbahn, der bei jedem Maulwurfshügel, vor jedem Bauernhof anhielt, hatte in Duisburg Endstation. Umsteigen war angesagt. Aus der Schmuddel-Konservenkiste raus, von Gleis 15 zu Gleis 18 geeilt, doch der Zug nach Düsseldorf hatte, was keine Seltenheit war, zwanzig Minuten Verspätung. Liebe Deutsche Bahn, es gibt viele Arbeitslose, also viele potenzielle Lokführer, die nur noch auf ihre Ausbildung warten! Und erzählt mir nicht, bei euren Fahrpreisen sei nicht genügend Geld für Personalkosten und neue Bahnen da, ihr seid megareich: siehe das Hauptquartier/weitere Immobilien. Und ihr solltet eure Bahnen öfter fahren lassen, wir, eure Kunden, danken es euch.

Ein wenig bekifft, stand ich einen Meter vor dem Gleis. Rechts neben mir stand ein, stehen konnte man das nicht nennen, hüpfte ein Mann, vielleicht Mitte Dreißig auf der Stelle. Er wirkte glücklich, sein breites Grinsen, welches sich bis zu seinen Ohren hinzog, ließ zumindest darauf schließen. Im totalen Kontrast dazu saß ein Mann links hinter mir auf einer Bank, seinen Kopf auf die Hände gestützt. Er wirkte abwesend, abwesender, als ich in meinem Kiffer-Zustand.

Minuten vergingen, nichts geschah, weder zu meiner linken noch zur rechten Seite. Rechts hüpfend, links denkend, grübelnd.

Dunkel und kalt, vor meinem Mund verwandelte sich mein Atem in eine seichte Wolke in Grau, in etwas Ungreifbares, etwas, was sich stetig, unbeirrbar von mir fortbewegte, um sich am Ende im Nichts zu verlieren. Meine Hände tief in die Hosentasche vergraben, meine

Arme kräftig an den Oberkörper gedrückt, stand ich wie erstart und schaute über die Gleise, in jene Richtung, aus der der Zug in den Bahnhof einfahren würde. Ich freute mich darauf, bald in einem warmen Zugabteil zu sitzen und mich aufwärmen zu können. Weit entfernt waren zwei grelle Scheinwerfer erkennbar, wie zwei feurige Augen eines Drachens, der unaufhaltsam, sich dem heruntergekommenen Duisburger Hauptbahnhof näherte und den nichts von seinem Ziel abhalten konnte. Minutiös geplant, schicksalhaft vorhersehbar, trotz der Verspätung, er würde bald vor mir anhalten und mich zu meinem Ziel, nach Hause bringen.

Die zwei grellen Lichter schmückten eine kräftige rote Diesellokomotive, durch ihre hellen Strahlen, wurden am Anfang des Bahnhofs, über den Gleisschienen, unheimliche Nebelfelder sichtbar, die einen die Kälte in den Knochen spüren ließ. Hüpfend auf der einen Seite, nachdenklich auf der anderen Seite, nur die sich nähernde rote Diesellok brachte neue Bewegung in das sonst immer gleiche Bild. Sehr viel Bewegung. Rechts hüpfend, links vorne die Lok, nur noch wenige Meter von mir entfernt: links hinter mir erhob sich der Mann mit ernstem Gesichtsausdruck und lief plötzlich auf mich zu. Er rempelte mich an, ohne sich zu entschuldigen, den Blick starr auf das Gleis vor mir gerichtet, und sprang ohne zu zögern runter auf das Gleisbett. Die Lok war nur noch wenige Meter vor ihm, mit hellem Licht, mit lautem Quietschen. Sein Blick fixiert, mir fest in die Augen starrend, legte er seinen Kopf blitzschnell auf die Eisenschienen und sein Blick war jetzt vollkommen leer, ich verlor mich in diesem Blick, ein Windhauch von links, der sich im Nichts verlor. Meine Nase krampfte sich bei diesem Geruch zusammen. Eine rote Lok, rot, das war auch die Farbe, die sich jetzt in seinen Mundwinkeln bildete, aus seinen Ohren heraustropfte mit weit aufgerissenen Augen, sich langsam von meinem Blick lösend, mit Blick ins Leere. Ein Arm und ein Bein waren abgetrennt worden, der, der vor Sekunden noch gelaufen, gesprungen war, der hatte sie in dieser Sekunde verloren. Sein Mund bewegte sich wie bei einem Fisch, auf und zu, begleitet von einem zyklischen Blutschwall.

Was passierte jetzt? Ich war innerlich erstarrt. Es schien, als würden sich die Geister unterhalten, doch ich hörte nichts, nur die Leere, die ich in mir fühlte, sie hatte die Stimme der Hilflosigkeit in sich und gab sie mir zum Geschenk.

Verstrich Zeit? Zeit hatte seine Bedeutung verloren. Die Zeit, war abgelaufen, abgelaufen, einen langen Weg, einen steilen Weg, von einem steilen, sehr hohen Berg hinunter, vorbei am Tal, bis in einen tiefen Graben, dessen Ende nicht mehr zu sehen war. Geblendet stand ich regungslos in diesem zeitlosen Raum aus Nebel, Nebel der Angst, des Schreckens, der Furcht vor Abgründen- wieso hilft mir keiner aus diesem Raum zu treten? Bin ich von der restlichen Welt ausgeschlossen worden, bin ich derjenige, der gestorben ist, ist es nur noch meine Seele, die lebt und fühlt sich so die Sünde an, der Schmerz, nur noch als Beobachter das Leben sehen zu dürfen? War nicht ich derjenige, der auf die Schienen sprang, der seinen Kopf auf die Gleise legte, hatte nicht ich meine Seele auf dem Bahnsteig zurück gelassen und habe nicht ich in meine eigene Seele gesehen, als die Lokomotive über meine Schmerzgrenze fuhr, mich auseinander riss? Doch meine Schmerzen sind nicht geblieben, so wie sie waren, sie sind in den tiefen Graben gefallen und haben sich in der Tiefe der Leere verloren. Heute weiß ich nicht, ob es gut war, in dieser Situation meine Gefühle zu verlieren, ob dieses Erlebnis ein Segen oder ob es mein größter Verlust war!

Mit meinen Gefühlen hatte ich auch meine Vergangenheit verloren. Meine Geburt hatte nie statt gefunden, also bedeutet das, dass ich entweder schon immer da war oder, ohne es zu merken, ins Leben gestellt worden bin. Beides ist nicht das, was mein Verstand mir sagt. Doch durch meine tiefe Leere kann ich den Zeitpunkt nicht mehr genau ausmachen, an dem mein Beobachter-Leben begann, meine Seele begann, mich, meinen Körper und die Umgebung von außen zu beobachten.

Seit jenem Februarabend gibt es eine Frage, eine, die meine Gedankenwelt umkreist, wie ein ständiger Schatten. Wie eine Last, die man nicht mehr loswird. Wie um Gottes Willen kann man sich davor schützen, sich niemals aus dem Leben zu stehlen? Wo ist der Schalter in meinem Kopf, den ich umlegen kann, welcher dafür verantwortlich ist, zu akzeptieren, sich immer für das Leben bis zu dessen Ende zu entscheiden? Bitte lieber Gott, hilf mir diesen Schalter zu finden, damit ich ihn für immer festklemmen kann und mit den bestmöglichen Sicherheitssystemen verbauen kann, so das dieser Schalter für mich immer tabu sein wird. Auch wenn ich mich so leer fühle, ich möchte und werde wie sonst auch, immer einen Weg finden, den Weg des Lebens zu bestreiten. Niemals möchte ich damit abschließen, bevor ich nicht wirklich gelebt habe. Ich muss, auch wenn ich es nicht weiß, als Baby gelebt haben und habe es gemeistert, denn ich scheine auch ein Kind gewesen zu sein. Auch diesen Teilabschnitt des Lebens habe ich gemeistert und auch ohne Erinnerung war dies wohl eine Zeit, die mich und alles um mich herum geprägt hat.

Danke für diese Zeit, danke an alle, die sie mit mir verlebt haben. Und danke auch für meine Jugend. Meine längste Zeit steht mir noch bevor, das Erwachsensein, was ich mir schwierig, wenn nicht sogar kompliziert vorstelle, doch es muss zu meistern sein. Und gespannt bin ich, wie ich als Opa sein werde, auf meine Kinder bin ich gespannt, denn ich weiß, sie werden wunderbar sein und meinem Leben einen Sinn geben, wenn nicht sogar, d e n Sinn des Lebens. Gespannt bin ich auch auf meine Frau, die sich mit mir diesem Leben stellen wird, es muss eine wunderbare Frau sein, denn nur so stelle ich mir das Ankommen im wahren Leben vor. Vor Stolz auf meine Familie möchte ich platzen können, mich freuen können, immer wieder, wenn ich aus der Ferne zurück komme, möchte mich zu Hause fühlen können, den Sinn des Lebens tief in mich aufnehmen können.

Diesen steinigen, steilen Weg, der vor mir mit langen schwierigen Passagen liegt, werde ich meistern, werde jedem Kampf mit erhobenem Haupt entgegentreten, an jeder Baustelle werde ich zu Hammer und Nagel greifen und sie in ordentlichem Fortgang zuverlässig abschließen, jedes Loch werde ich füllen, so dass man nicht mehr hineinfallen kann. Diese Fähigkeit habe ich aus der Vergangenheit mühsam gelernt, auch wenn es manchmal an meine Grenzen ging. Ab jetzt weiß ich, wie ich diese Fähigkeit einsetzen kann und muss. Danke liebe Eltern, für eure Geduld! Mir fehlt nur noch eins: Eure Zuversicht, euer Vertrauen zu dem, was ich tue, denn Kritik hatte ich genug, bestimmt auch oftmals zu recht, doch Vertrauen ist das entscheidende Werkzeug, was ich benötige, um den steilen Berg erklimmen zu können.

Danksagung

Besonderer Dank gebührt meinen Eltern Emma P. und Werner P., die immer mit Rat und Tat meinem Leben zur Seite standen und mich immer unterstützt haben.

Sehr herzlich danken möchte ich meinem Lektor und beteiligter Lebensretter meines Vaters Herr Mentgen.

Mein spezieller Dank geht an meinen engsten Lebensbegleiter Herr Januszewski, sowie meiner Frau Marija.

MIX

Papier | Fördert
gute Waldnutzung

FSC® C083411

Zeitfracht Medien GmbH
Ferdinand-Jühlke-Straße 7
99095 Erfurt, Deutschland
produktsicherheit@kolibri360.de